AF139255

Hildegard Schaufelberger

Einfach so

Ein Lesebuch mit Geschichten,
Gedichten und ein paar Meditationen

Bibliografische Information Der Deutschen Bibliothek:
Die Deutsche Bibliothek verzeichnet diese Publikation in der Deut-
schen Nationalbibliografie; detaillierte bibliografische Daten sind im
Internet über <http://dnb.ddb.de> abrufbar.

für Gabriel

© 2016 Hildegard Schaufelberger
www.Hildegard-Schaufelberger.de

Buchgestaltung: Gabriel M. Schaufelberger

Foto: Studio Frank Iwan, Kirchzarten

Herstellung & Verlag: Books on Demand, Norderstedt

ISBN 978-3-7412-0681-8

Inhaltsverzeichnis

Die Andere

„Ich habe mich verlobt", vertraute der Kranke fröhlich seiner altgedienten Ehefrau an. „Melanie. Sie küßt mir das ganze Gesicht und den Hals ab". Die Frau nahm das gelassen auf. Es mochte wieder eine Fantasie seines kränkelnden Hirns sein. Sie gönnte ihm das.

„Küssen", schwärmte der alte Mann ein andermal. „Sie küsst besser als du. Deine Küsse sind auch nicht mehr das, was sie mal waren". Jetzt wurde die Frau aber doch aufmerksam und streichelte ihn liebevoll. Sie nahm nun auch Zeichen von der Existenz einer fremden Frau wahr. Anfangs wurde nur das Hochzeitsbild auf dem Nachtkasten nach hinten gerückt und fiel schließlich um. Stattdessen stand da das Bild einer üppig aufgeblühten Rose in Postkartenformat. Doch das war nur der Anfang. Bald füllte sich das ganze Krankenzimmer mit Blumenbildern, dazu kamen Fotos von Paaren in großer Vertrautheit. Frische Blumensträuße überall. Die Blumen der Frau aus dem häuslichen Garten wurden dafür achtlos auf den Boden gestellt. Das Zimmer entwickelte sich zu einer einzigen Liebesbezeugung, schließlich zu einem Wettbewerb der Liebe zwischen zwei Frauen. Dem Mann gefiel das. Eines Tages kam eine CD dazu mit rührseligen Liedern von Herz und Schmerz, gesungen von irgendeiner Gaby. „Ich will Gaby hören", bettelte der Kranke wieder und wieder und legte sich genüßlich auf dem Bett zurecht. Die Angetraute legte sich vertraulich daneben und kannte die Welt nicht mehr. Sein Leben lang war es immer nur Bach gewesen und Gregorianischer Choral.

Doch wer war Melanie? Sie blieb für alle Außenstehenden unsichtbar. Gehörte sie etwa zum Pflegepersonal des Hauses? .Wie sonst hätte sie die Schlupfwege und Termine kennen können, um heimlich zu dem Kranken zu kommen? Aber auch auf der Schwesternstation kannte man niemanden dieses Namens. Melanie muss eine Zauberin sein, gestand sich die Ehefrau ein: Sie weiß genau, wie man das Herz meines Mannes entzündet: Mit Bewunderung, Schmusen und dem kindlichen Spiel der Heimlichkeiten. Und so bäumte sich das alte Herz in diesen Wochen noch einmal auf - und verlosch.

Die Frau begrub ihren Mann wie es ihr Amt war, trug die Kunde von seinem Tod hinaus und trauerte um ihn. Der Spuk Melanie schien vorbei. Doch dann, eines Tages, ging das Spiel aus dem Krankenzimmer von Neuem los, nur jetzt auf dem Grab, dieses Stutenbeißen: Trug die Witwe eine Rose hin, lagen dort anderntags zwei. Die fremde Grabkerze erlosch niemals, und die Ehefrau mußte sich mit ihrer eigenen Kerze geradezu sputen, um nicht ins Hintertreffen zu gelangen. Blumengestecke in Herzform, üppige Gebinde. „Du", klagte die Gehörnte ihrem toten Mann da unten, „was hast du mir eingebrockt!" Doch da kam ihr auf einmal die Erinnerung, dass er sterbend noch geflüstert hatte: „Ich habe gedacht, ich könne zweigleisig fahren".

Mit der Zeit arrangierten sich die beiden Frauen, die sich nie gesehen, sondern immer nur über Zeichen verständigt und bekämpft hatten. Wer von ihnen gerade zum Grab kam, ordnete, goss die Pflanzen und überwachte die Kerzen. Sie hätten Freundinnen werden können.

Pas de deux

Ich bin der Verlierer
du bist der Gewinner.
Ein verwundeter Verlierer
ein triumphierender Gewinner.
Ein Positionen preisgebender Verlierer
ein Heilung flüsternder Gewinner.
Ein bebender Verlierer
ein starker Gewinner.
Ein unter Tränen lächelnder Verlierer
ein betroffener Gewinner.
Ein betroffener Verlierer.

pas de deux.
Auseinander wirbelnd
zueinander tastend
verletzend
heilend
erneut verletzend.

pas de deux.
Liebesspiel.
Seit Jahrtausenden
auf dem Spielplan.
Nur nahm einer
von uns beiden
das Spiel
ernst.

Das Schwert im Bett

Glaubt man den Brüdern Grimm und ihrer Sammlung der Volksmärchen, so möchte man meinen, Liebe sei Frauensache. Was tun und erleiden doch ihre Protagonistinnen alles um der Liebe willen! Sie wandern auf der Suche nach ihrem verlorenen Geliebten durch die ganze Welt bis hinauf zu den Gestirnen, um noch im Kosmos den Weg zu ihrem entrückten Bräutigam zu erfragen. Oder sie erlösen einen Mann aus der Tierhaut seiner Verwünschung, dessen wahres Wesen sie liebend erkannt haben. Andere wiederum gewinnen ihn mit Klugheit und List, ja sie kleiden sich in Männerkleidung und kämpfen um ihn.

Dieses Bild haben die Erzähler über Jahrhunderte hinweg ihren Zuhörern vermittelt, und dem hat man sicher auch gerne gelauscht und es verinnerlicht. Die Brüder Grimm taten mit ihrer Auswahl und Bearbeitung das Ihre dazu. Unterstelle man ihnen: Sie kannten es nicht anders. Genauer: Sie wollten es nicht anders kennen, ist dies doch das Wunschbild jeden Mannes. Die Zeitläufe und ihre Erfahrungen in den modischen Salons ihrer Zeit kamen ihnen dabei zu Hilfe. Das Biedermeier hatte ein Bürgertum mit dem Leitbild einer Frau hervor gebracht, die – schön und klug - sich Mann und Kindern widmete und das Heim schmückte. Und die von erfahrenen Müttern den praktischen Umgang mit der Liebe vorgelebt bekam. In einer solchen Gegenwelt zur gleichzeitig wachsenden Industrialisierung fanden Märchen einen guten Nährboden. Sind Märchen Opium für das Volk?

Aber welche Rolle hat das Volksmärchen nun dem Mann zugedacht? Wie wollte man ihn sehen, wie wollte er sich selbst sehen? Blättern wir die Hausmärchen durch: Er ist der Held. Seine Liebe agiert im Außenbereich, sozusagen auf der Bühne des Lebens. Er ist es, der den Drachen tötet und damit die Prinzessin wie eine Trophäe gewinnt. Um sie kämpft er mit Ross und Reiter und mit der Hilfe jenseitiger Wesen. Ihm gelingt das Wunderbare, den Glasberg zu ersteigen, wo die Prinzessin wartend sitzt. Und ist er behindert, blind, dumm, kriegsversehrt oder verwunschen, so erkämpft er sich sein Glück – und manchmal auch ihre Liebe – eben mit List und Dreistigkeit. Oder er ist ein Gentleman. Als die Braut seines Zwillingsbruders irrtümlicherweise in sein Bett gerät, da legt er eben sein Schwert zwischen sich und sie.

Glanz und Höhepunkt solcher Bemühungen ist dann das Hochzeitsfest, Symbolbild für das erfüllte Glück. Und dem Zuhörer oder Leser gefällt's. Nur wüsste er gern wie es weitergeht danach in der Ehe. Doch darüber gibt das Grimm'sche Märchen keine Auskunft, oder nur sehr unbefriedigend: „Und sie lebten glücklich bis an ihr Ende". Das muss reichen. Beim „Fischer un sine Fru" stimmt das schon nicht, und Philemon und Baucis sind aus der antiken Mythologie.

Aber das Märchen ist nicht unterzukriegen. Auch nicht, nachdem es dem mündlichen Erzählprozess entzogen und zum Buchmärchen geworden ist. Es ist eben einfach gesättigt vom kollektiven Gedächtnis der Menschheit. Von ihren Ängsten, Sehnsüchten, Leiderfahrungen. Individuell auslegbar durch seine Symbolhaftigkeit. Heute werden Märchen nicht nur Kindern erzählt, sondern vermehrt auch alten Menschen zum Trost, zur Erinnerung, zur Illusion. Aber ob sie auch in unserer Zeit noch lebendig bleiben, sich weiterentwickeln, neue Zugänge zur Lebenswirklichkeit finden? Die Erzähler unserer Gegenwart, auch sie haben wie ihre Vorgänger ihr Publikum. Auch sie fühlen sich der Realität verpflichtet. Nur anders, neu. Sie spießen die Märchen auf, transponieren, parodieren sie um der Deutlichkeit willen. Das sind die Kabarettisten, die Liedermacher, die Rapper. Auch ihnen ist das Märchen ein willkommenes Medium in seiner klaren, eingängigen Form. Und die Liebe, die bleibt Thema.

Das zieht sich hin bis zu den Jurten der Pfadfinder am Rand der großen Europäischen Märchenkongresse, wo die namenlosen Erzähler nächtelang am Lagerfeuer ihre Märchen vortragen. Dort ist denn auch zu hören von einer Prinzessin, die sich sehnlichst einen Mann ganz nach ihrem Herzen wünscht. Und so schafft sie sich ihn aus Marzipan, den sie dann Stück für Stück genüsslich verspeist.

Anna ist doof

Das darf doch nicht wahr sein! Heute morgen lese ich vor meinem Haus, auf Stein gekritzelt: *Anna ist doof.* Anna, das bin nicht ich, nein. Aber die Erinnerung spuckt da gleich Bilder aus: Ein netter Junge, der um die Ecke wohnte und gerade so im rechten Zahnspangenalter war, schrieb auch mir eines Tages so etwas an die Hauswand: *Hildegard ist doof.* Das kam bei mir an mit der Zärtlichkeit einer Liebeserklärung: Dieser nette Junge liebt mich und traut sich bloß nicht. Spätere Liebeserklärungen haben mich lange nicht so entzückt.

Doch wem mag der Schreiber hier ein solch verstohlenes Zeichen gegeben haben? Anna gibt es sicher ein paar hier herum, Jüngere und Ältere. Sicher war eine Jüngere gemeint. Aber bei der einen oder anderen Älteren dürfte wie bei mir ein altes Bild aufgeblitzt sein von einem zahnspangigen Jungen – wie hieß er doch schnell? – der sie gelehrt hat, wieviel Entzücken auch in den skurrilsten Zeichen der Liebe stecken kann.

Nun ist das Gekritzel wieder weg. Ordnung muss sein.

Das Navi

Sie waren beide einmal in der gleichen Schülerclique gewesen, damals in der Kindheit, und die hatte man bewundert und gefürchtet für ihre Wildheit und die verrückten Spiele. Jetzt lag das alles um Jahrzehnte zurück, aber ab und zu besuchten sie einander, machten kleine Autotouren.

Er war im Dienst seiner Bank in der Entwicklungshilfe unterwegs gewesen, verantwortlich für die Bewilligung von Krediten in Ländern der Dritten Welt. Ein mächtiger Mann, selbst nicht reich, aber stark in der Verwaltung investierter Gelder. Ein Beispiel möge das belegen: In einem der kleineren armen Länder wurde er mit seiner Delegation von einem großen Transparent empfangen : WELCOME JOHANNES. Man appellierte an seine Milde. Das prägt.

Sie war Malerin geworden, lebte eingesponnen in ihrem Atelier und war nicht mehr ganz unbekannt in der Kunstszene. Aber sie hatten einander immer viel zu erzählen. Ihr tat die Übersichtlichkeit seines Denkens gut, sein klares Ja und Nein. Kosten und Nutzen, alles schien sinnvoll, planbar und zweckmäßig. Sie liebte Überraschungen, komische Wendungen. Das hinwiederum mochte er auch.

Diesmal wollten sie von Freiburg aus den Kaiserstuhl erkunden und am Abend dann am Tuniberg etwas essen. Aber sie wussten den Weg nicht. Macht nichts, meinte er, ich habe ja mein Navi, darauf ist Verlass. Eine Frauenstimme aus dem OFF wies auch tatsächlich denWeg: Der Straße folgen – bitte rechts halten – Achtung, nach 200 m links abbiegen – und so weiter. Bloß dass sie nicht zum Tuniberg kamen, sondern zum Orts-schild von Umkirch. Also das Ganze nochmal. Die Navi-Dame wies den Weg wie zuvor. Doch da standen sie verrückterweise schon wieder in Umkirch. Das machte den Mann zornig, und er deutete eine Faust in Richtung des Navi an. Lass doch dieses blöde Ding, beschwichtigte ihn die Frau. Nimm das doch alles als ein Spiel.

Und das taten sie dann auch. Denn irgendwie war die alte Wildheit der Kindheit wieder da und die Freude am blöden Spaß. Und sie genossen den verflixten Kobold auf der Fahrt durch die Pampa. Und als sie zum dritten Mal bei dem gelben Ortsschild landeten, stellten sie das Navi einfach aus, lehnten sich in den Autositzen zurück und lachten. Und sie lachten noch immer, als sie bald darauf im Gasthaus am Tuniberg einander zuprosteten.

Schau dein Himmel ist in mir

Wo ist der Himmel? fragen Kinder. Und man sagt ihnen, er ist oben, über den Wolken. Denn auch die Erwachsenen stellen sich das so vor. Aber auch die Astronauten fanden ihn nicht dort, auf ihrer Reise ins All.

Wo ist der Himmel? fragten sich jahrhunderte-, jahrtausendelang die Menschen. Und sie dachten sich die Welt als eine Scheibe. Oben der Himmel, in der Mitte die Erde und unten die Unterwelt. Dafür haben wir uralte Zeugnisse. In den Märchen steigt der Held auf einem himmelhohen Baum hinauf in die Oberwelt, über eine Treppe oder durch einen Brunnenschacht hinab in die Unterwelt. Und die Bibel singt in Psalm 144: „Herr, neig Deinen Himmel und steig herab, rühre die Berge an, sodass sie rauchen!" Im Neuen Testament steigt Christus „in den Himmel auf", und im Credo bekennen wir nach heutiger Übersetzung: „hinabgestiegen in das Reich des Todes" (vorher hieß es „Hölle").

Wo ist der Himmel? Neben der so einleuchtenden Theorie der Erde als Scheibe wuchs mit den Naturwissenschaften das Wissen von der Erde als einer Kugel, und bei Kopernikus schließlich im frühen 16. Jh. wurde sie gar als Mittelpunkt des Weltbildes entthront und kreiste nur noch mit anderen Planeten um die Sonne. Wo konnte man sich da noch den Himmel vorstellen?

Wo ist der Himmel? fragte sich hundert Jahre danach auch der fromme Dichter Angelus Silesius in den Wirren des 30-jährigen Krieges. Und er fand ihn – in seiner Seele.

Halt an! Wo gehst du hin?
Der Himmel ist in dir.
Suchst du ihn anderswo,
du suchst ihn für und für.

Mit dieser mystischen Vorstellung können wir heute noch gut leben. Der Himmel hat wieder einen Ort. Wir singen das Lied „Morgenstern der finstern Nacht", darin die Zeile:

Schau, dein Himmel ist in mir

Auch dieses Lied ist von Angelus Silesius überliefert. Er hat uns wieder einen Himmel gegeben.

Tischgespräche

Wir werden Gäste haben heute Abend, sagt die Frau. Wie schön, antwortet der Mann, ich freue mich auf die Unterhaltung.

Und sie macht sich an die Vorbereitung. Zuerst die Planung. Ein Fleischgericht? Fisch? Wird es vegetarisch sein müssen? Sie weiß noch nicht, wird erst im Kochbuch blättern. Und dann die Beilage. Dann das Dessert. Es ist warm heute, etwas mit Eis dürfte es sein.

Ich mache den Salat dazu, wenn es dir recht ist, sagt der Mann.

Sie werkeln den ganzen Nachmittag in der Küche. Die Frau bereitet das Menu zu, er den Salat.

Wie köstlich es bei euch riecht, schnuppern die Gäste am Abend bereits an der Tür. Das macht richtig Appetit. So soll es auch sein, sagt die Frau. Es wird euch schmecken.

Und ich habe den Salat angerichtet.

Wusstet ihr schon von unserer Freundin Ilse? – beginnt das Gespräch nach den ersten Bissen. Sie soll ausgezogen sein daheim. Vor dem Klein-Klein des Alltags hat ihre große Liebe dann wohl doch kapituliert.

Der Salat muss ganz frisch angemacht sein. Höchstens eine halbe Stunde vor dem Essen.

Ach ja, und was meint ihr zu den Auseinandersetzungen um den Mindestlohn? Die Parteien können sich mal wieder nicht einigen.

Eine Paprikaschote gibt erst die rechte Würze. Rot muss sie sein, das Auge isst mit. Und einen guten Teelöffel Dill, das braucht es schon.

Das Unwetter in Argentinien. Mein Gott, diese Klima-katastrophe! Und wie es die Slums dort mal wieder trifft! Immer wieder die Armen!

Eine kleine Dose Gemüsemais ist auch darunter.

Unser neuer kleiner Hund ist so neurotisch. Die Züch-terin hat ganz sicher die Welpen schlecht behandelt. Ob wir das dem Tierschutz melden sollen?

Ach ja, und zwei hartgekochte Eier! Seht ihr, wie sie das Ganze schmücken? Das Dressing ist allerdings ge-kauft, natürlich die beste Sorte, beim Feinkost.

Könnt ihr mir einen guten Friseur nennen? Meiner schneidet die Haare immer zu kurz. Wisst ihr über-haupt, was so ein Schneiden und Föhnen kostet??`Und dann sagt man, die Friseure seien unterbezahlt.

Die Champignons habe ich am Ende warm zugefügt. Das ist der Clou!

Ein schöner Abend, verabschieden sich die Gäste schließlich höflich. Danke auch fürs Essen.

Schade, dass sie schon gehen, sinniert der Mann hinter ihnen her. Wir haben uns doch so gut unterhalten.

Wer bist Du?

Drüben auf der anderen Seite läuft er. Sie kennt ihn am Gang, an der Schirmmütze, an den beiden Stöcken. Er winkt, sie winkt zurück. Winken, ja das ist der Kontakt zwischen ihnen. Winken tun inzwischen auch schon seine erwachsenen Kinder, wenn sie ihn besuchen kommen. Überhaupt hat sich mit der Zeit so etwas wie eine gemeinsame Zeichensprache herausgebildet, hören kann man sich ja doch nicht über die Entfernung. „Welch ein schöner Tag heute", sagen die Finger. Oder „Was hast du doch für schöne Balkonblumen".

Wer bist du?

Eigentlich kennt sie ihn schon beinahe das ganze Leben lang. Als sie ihn zum ersten Mal sah, war sie mit ihren Eltern und Geschwistern in seiner Familie eingeladen. Eine große Kaffeetafel. Sie war damals zehn Jahre alt und kippte - O Gott! – den Kakao über das Tischtuch. Aber ehe der Schrecken sich so richtig ausbreiten konnte, entdeckte sie ihn und dachte bei sich: Das ist der Junge, der mir gefällt. Wie sonst keiner. Und dabei blieb es, hell und treu in ihrem Herzen: Ihr süßes Geheimnis. Ihre Gedanken waren immer um ihn herum: Wenn er als Pimpf auf dem großen Platz exerzierte, lehnte sie an einem Baum und schaute sich satt. Manchmal, auf dem Heimweg von der Schule, fuhr sie mit dem Rad in schüchternem Abstand hinter ihm her. Sein kariertes Hemd ließ sie dabei keinen Moment aus den Augen. Einmal lag er im Krankenhaus mit einem Jungen aus ihrer Klasse. Sie brachte den beiden Blumen, die schöneren für ihn. Es hieß, er habe sie zum Marienaltar getragen.

Sie wurde größer, der süße Traum blieb. Im Internat in Süddeutschland stand sie immer und immer wieder am Fenster und hielt Ausschau, ob er nicht mit dem Motorrad des Weges käme. Ihre Tagträumerei war wirklich bedenklich, aber sie erfüllte sie einfach mit Liedern und Blumen und Poesie. Später nahm ihr das Leben den Traum weg, man sagte ihr: Liebe ist Beziehung, nicht Selbstzweck. Seitdem war ihr Leben realistischer, aber auch ärmer.

Wer bist du?

Drüben auf der anderen Seite läuft er. Sie kennt ihn bereits am Gang undsoweiter. „Ich gehe jetzt spazieren", signalisiert er fröhlich in ihrer gewohnten Zeichensprache. Und: „Hast du Lust auf einen Kaffee?"

Wer bist du eigentlich?

Der Brief

Der Tag kam
der Brief kam nicht

Mein Herz
schwamm kieloben
Brief du
rette mich
Brief
verankere mich
ich drifte ab

Doch der Brief
lag nicht vor der Haustür
nicht im Kasten
niemand hatte ihn heimlich
in meine Tasche gesteckt

Endlich
auf dem Mittagstisch
lag der Brief
er lag wirklich da

Der Tag ging
DU BIST SCHÖN
MEINE FREUNDIN
stand in dem Brief

Auf dem Ball

Ich hatte einen Verehrer, Martin hieß er. Der gefiel mir, war anders als die anderen. Irgendwie souverän, irgendwie ganz er selbst. So wäre ich auch gern gewesen. Eines Tages lud er mich zu einem Ball ein. „Ja", sagte ich und freute mich drauf. „Doch was ist das für ein Ball?", fragte ich noch, „was muss man da anziehen?" „Ach, ich glaube folkloristisch", meinte Martin.

Der Abend kam, und wir beide zogen hin. Ich im Dirndl, er in einer Art Lederhose. Gamsbart. Doch als wir in den Saal kamen, welch ein Schreck! Die Herren mit Fliege, die Damen in lang. Klassische Kapelle. Alles förmlich und steif. Man starrte uns an als wären wir Aliens. Und das waren wir ja auch, sozusagen. Ich wäre am liebsten in ein Mauseloch gekrochen. Doch Martin, was tat der? Er jodelte HOLLEREDULLJÖ, sprang in den verdutzten Kreis und legte so etwas wie einen Schuhplattler aufs Parkett.

Und ich? Mann, was war ich doch für eine kleine dumme Gans! Ich schämte mich. Irgendwas in mir hatte KLICK´gemacht, und plötzlich war er mir peinlich, der Martin. Ich hoffte nur noch idiotischerweise, dass man mich nicht als seine Partnerin wahrgenommen haben möge. Und weg war ich.

Dabei fingen auf einmal alle an zu lachen, klatschten in die Hände, und die Kapelle geriet aus dem Häuschen und spielte eine Polka.

Hans im Glück

Auf der Suche nach dem Glück wollte sie ja eigentlich nur den Frosch küssen. Denn man hatte ihr gesagt, dass die Volksmärchen hochaktuell seien, man müsse sie nur recht umsetzen. Und da war auch einer, den sie gerne vom Froschsein erlöst hätte. Aber auch nach wiederholten Versuchen geschah nichts, aber auch gar nichts. Er war und blieb was er war – eben ein Frosch.

Da versuchte sie es mit dem Märchen von Hans im Glück. Der hatte das Glück gleich im Titel. Und während bei anderen Märchenhelden das Glück Ziel und Höhepunkt ihrer abenteuerlichen Wege war, hatte Hans es gleich von vornherein in Form eines Goldklumpens, so groß wie sein Kopf. Damit könnte das Märchen, kaum begonnen, schon zu Ende sein. Ist es aber nicht. Denn unserem Hans war der Goldklumpen auf seinem Weg zu schwer, und so tauschte er ihn gegen ein flinkes Pferd, das wiederum gegen eine nahrhafte Kuh, ein Schwein, Federn und Fett einer Gans und endlich gegen einen Schleifstein, der ihm dann auch noch in den Brunnen fiel. Und das Märchen sieht seinen Helden von Station zu Station immer glücklicher werden. Am Ende geht er „leichten Herzens und frei von aller Last, bis er daheim bei seiner Mutter war".

Sie fragte sich: Was für eine Spezies von „Volk" mochte solch ein Märchen hervorgebracht haben? Sein Glück bestand ja nicht in der Fülle, sondern in der Reduktion. Eigentlich ein höchst modernes Anliegen, das heute wieder in Kursen mühsam eingeübt wird: den Mangel kultivieren. Ja, dachte sie, mit diesem Märchen könnte sie es mal versuchen. Und sie prüfte ihre eigenen Besitztümer auf ihre Entbehrlichkeit: Kein Garten mehr. Kein Haus mehr. Kein Auto mehr. Keine Markenklamotten. Vielleicht war der Hans wirklich ein Weiser. Aber warum musste er auch am Ende zur Mutter zurück? Warnen doch alle Psychologen davor – nur leider um ein paar Jahrhunderte zu spät: Die Mutter-Falle.

Und wo bleibe nun ich? fragte sich die Glücksucherin. Verstehe die Märchen, wer will. Vielleicht sollte sie doch noch einmal versuchen, einen Frosch zu küssen. Wer weiß.

Mystik

Es gab da eine, die liebte Gott,
und eine andere,
und noch eine, und noch eine.
Sie hießen Hildegard von Bingen,
Teresa und Thérèse und Theresia,
Katharina, Edith Piaf oder Edith Stein.

Ihre Sehnsucht suchte und fand ihn
in den endlosen Dimensionen des Kosmos.
KOMM IN MEIN HERZ
DAS BRENNT NACH DIR.
Einige sahen in einem Obdachlosen oder Bettler
den zerschundenen Jesus
und nahmen ihn in ihr Bett,
ihn zu wärmen.
Andere schufen sich eine Puppe,
umwickelten sie mit kostbaren Bändern,
kosten und wiegten sie in ihren Armen
und nannten sie Jesulein.
Sie liebten so sehr, dass es weh tat.
Es gab sogar solche,
an deren liebendem Körper
sich die Wundmale Christi zeigten
(aber das weiss man nicht so genau).
Sie alle sangen Hymnen und Psalmen,
und manche sangen ihrem Gott Schlager zu,
weil sie die Sprache der Hymnen nicht verstanden.
DENN ICH LEBE VOM DICH ERWARTEN
UND MEIN HERZ IST NICHTS ALS DEIN
SCHRITT

Mit solchem Eros wurden auch Männer begabt.
Doch Männer lieben anders.

Die Todesanzeige

Ihr graust vor dem Tag, an dem Max eine Todesanzeige für sie aufsetzen wird. So wie er sie dann hinstellt, ist sie vor aller Öffentlichkeit festgezurrt in Ewigkeit. Na sagen wir: Solange sich jemand an sie erinnert. Denn: kennt Max sie überhaupt? Sieht ausgerechnet er sie so, wie sie sich sieht oder besser: sehen möchte? Wir sind doch alle festgefahren in unserem Wunschdenken über uns selbst und mehr noch über unsere Partner.

Die Sorge hat ihren Grund. Einmal, vor ein paar Jahren, hat nämlich Max eine Kohlezeichnung von ihr gemacht: Das Gesicht groß und streng mit einer männlich kühnen Nase. Sie war zutiefst erschrocken. „Das soll ich sein?" Sie hätte sich lieber etwas weiblicher, lieblicher gesehen. Das Bild kam in eine Ausstellung, und sie hoffte inständig, dass niemand sie erkennen möge. Darum hielt sie sich in der Nähe, um die Reaktionen der Betrachter mitzukriegen. Und da kam ein junger Mann mit seiner Freundin im Arm und sagte zu ihr: Schau, das ist die Patronin des Sodbrennens.

Seitdem hat sie Angst vor ihrer Todesanzeige. Zwar würde ziemlich sicher diese Kohlezeichnung nicht darauf zu sehen sein. Aber auch mit dem Text kann man einen Menschen festnageln. „Spinne ich jetzt?" Es ist Erfahrung. Sie musste sich ihr Leben lang vor Max's Wunsch- und Projektionszugriffen in Acht nehmen. Irgendwie hat sie das geschafft. Aber am Ende? Wenn sie einmal tot ist, wird er ihr – durchaus wohlmeinend – vor den Augen der Öffentlichkeit den letzten und endgültigen Stempel aufdrücken. Wo? In der Todesanzeige. Und dann kann sie sich nicht mehr wehren.

Eigentlich könnte ihr das ja egal sein, dann im Tod. Ist ihr aber nicht. Hundertfach liest man solche Fixierungen in der Zeitung. Sie nahm sich vor, mit Max darüber zu sprechen. Immerhin war sie in den schwierigsten aller Problemtöpfe gefallen, in die Identitätsfalle. Das Gespräch fand dann eines Abends statt. Locker, bei einem Glas Wein. Sozusagen als Test für den Ernstfall. Stichwort: Todesanzeige. Nach dem zweiten Glas warf sich Max in Pose und deklamierte aus der Bibel:

> Eine starke Frau, wer wird sie finden?
> Dem Schiff eines Kaufmanns ist sie vergleichbar, von fern holt sie die Nahrung herbei. Auf sie vertraut das Herz ihres Mannes.

Das gefiel ihr. Genauso hat sie sich auch selbst sehen wollen, damals am Anfang. „Ob mich Max tatsächlich so sieht?" Doch der legte seine Pose schnell wieder ab und sagte lakonisch: „Das taugt nicht für dich. Du kriegst ja nicht einmal den Wagen aus der Garage".

Wie gesagt, so fing es an. Seitdem sind Todesanzeigen bei den beiden zu Wegemarken der Identitätsfindung geworden. In Krisenzeiten formte dann Max ihre derzeitige Lage immer zu einer Todesanzeige. Mal ernst, mal ironisch. So geriet eines Tages ein Text aus der Zeitung in ihr Beziehungsgeplänkel:

> Ihr Leben war Arbeit und Mühe
> für die Ihren

Ob das wirklich auf diese tote Frau stimmte? Dann: Rosen auf ihr Grab. Aber sie hätte sie lieber mit Freundinnen hin und wieder beim Törtchenessen gesehen, während herumkrabbelnde Babys die Handtaschen ausräumen. „Nichts für mich. Ich hätte gerne auch ein bisschen gelebt, ehe ich sterbe".

Doch dann geriet eines Tages ein Text über sie. Sie weiß nicht mehr wann, sie weiß nicht mehr woher. Jedenfalls nicht aus der Zeitung, dafür war er zu radikal. Er war von Günter Eich.

> Vielleicht hätte sich Trapezunt gelohnt.
> Er weiß es nicht,
> wusste es nicht,
> wird es nicht wissen.

Das warf sie um, das war Metaphysik. Verschlüsselt in einem geheimnisvollen Wort. Bezeichnend denn auch der Titel: Nach dem Ende der Biografie. Über diesen Text musste sie lange nachdenken. Darüber aber konnte sie nicht mit Max sprechen, jedenfalls vorerst nicht. Vielleicht später.

Doch dieses Später kam nicht. Denn eines Tages starb nicht sie, sondern Max. Jetzt musste sich umgekehrt erweisen, ob sie ihn kannte, oder ob auch er nur ein Wunschbild von ihr war. Auf einmal war sie es, die einen Text für die Todesanzeige finden musste, mitten hinein in sein Ich. „Wer bist du?" – Das trieb sie um. Der Bestatter blätterte in seinem Sprüchebuch und machte einen Vorschlag:

> Du siehst den Garten nicht mehr grünen,
> in dem du einst so froh geschafft.

Tatsächlich: Max hatte seinen Garten geliebt, aber wohl eher platonisch. Außerdem waren die beiden über einen solchen Text längst hinaus. Er wäre so etwas wie die „Patronin des Sodbrennens" gewesen, nur eben in grün. Ihr Geplänkel aber sollten sie nicht umsonst gehabt haben. Jetzt, am Ende, weiss sie und gönnte es Max: Die Identität eines Menschen wird immer sein letztes Geheimnis bleiben. Gönne ich ihm das. Und so schrieb sie ihm wenigstens ihren Abschied:

> Und kämst du noch einmal im Garten
> den Weg entlang,
> ich würde auf dich warten
> stundenlang.

Na ja, dachte sie bei diesem Text von Fontane (auch aus der Zeitung): „Auch wenn die Wege manchmal holprig waren – was solls".

Media Vita

Da gab es den Mann, dem so war, als sei er auf der Bühne seines Lebens gerade einmal auf- und schon wieder abgetreten.

Abtreten, ja. Auch mein Herz ist matt geworden. Ich kann keine Freude mehr empfinden. Halte die Wucht der Liebe nicht mehr aus.

In ihrem letzten Brief vom Krankenlager schrieb eine Freundin von den Frühlingen und Herbsten, die ihr noch beschieden seien. Oder auch nicht.

Nun ja. Manchmal sitze ich da und ordne meine Papiere: Fotos, Manuskripte, Tagebuchnotizen. Rückschau. Ich muss noch mein Haus bestellen.

Von einer Schriftstellerin wird berichtet, dass sie ihren Lebensausklang als ein „Meisterstück des Lebens" wahrnahm. Dabei hatte sie acht Kinder geboren, sich die Treue ihres Mannes bewahrt und eine Reihe Bücher geschrieben.

Der Abschied von meiner Lebensbühne macht mir aufrichtig Sorge: Welche Spuren werde ich hinterlassen? Meine Geschichten vielleicht. Oder die Herzen, die ich berührte.

Ein Nachbar – so wird gesagt – habe sein Lebensende pedantisch vorbereitet. Den Text der Todesanzeige schon entworfen, die Kuverts geschrieben.

Na wenn schon. Wenn bei mir einmal der Vorhang fällt, dann ruf ich „Ade nun ihr Lieben / die ihr nicht mitfahren wollt / Ich wäre ja so gerne noch geblieben / aber der Wagen der rollt.

Von Goethe heißt es, seine letzten Worte seien gewesen: „Mehr Licht!" Bei allem Respekt: Die meisten Nachkommen empfinden das als eine Anmaßung.

Wir alle werden keinen so spektakulären Abgang haben. Was soll's. Dennoch bleibt hoffentlich ein letztes tröstliches Bild von mir.

Rudolf Steiner erwartet sein Lebensende als einen gleitenden Übergang innerhalb eines transzendenten Landes.

Ach, und nun muss ich es doch noch verraten: Als einen letzten Akt fantasiere ich mir eine wunderbare Mahlzeit, die mich stärkt, wie vor einer großen Reise.

Kleine Meditation

Die Toten

Sie kommen in der Nacht. Wie Schemen gleiten sie durch meine Träume. Woran erkenne ich sie eigentlich? Sie haben kein bestimmtes Gesicht, keine feste Gestalt, keine erkennbaren Gesten, kein Mienenspiel. Und doch erkenne ich sie genau, jeden einzelnen. Die meisten von ihnen sind Tote. Aber ich bin ja jetzt auch in einem Alter, wo die toten Freunde zahlreicher sind als die lebenden. An viele von ihnen habe ich jahrelang nicht mehr gedacht. Was wollen sie also in meinen Träumen? Denn irgendwas wollen sie doch von mir, sie ziehen ja nicht vorbei wie auf der Kinoleinwand, das spüre ich genau. Sie haben etwas mit mir zu tun. Doch was?

Morgens nehme ich sie dann hinein in mein Gebet. Vielleicht wollen sie das. Ja ganz sicher wollen sie das. Ich fragte einen Freund, und er verstand das genau so. Nun habe ich es mir angewöhnt, in einer geheimnisvollen Weise mit den Toten zu leben, und sie leben mit mir. Bei Gott hat das gewiss einen Sinn.

Unter den Gedichten von Wilhelm Willms fand ich eine Strophe – ich wollte, sie wäre von mir:

> Wir laden alle toten zu gast
> unsre freunde
> wir rufen euch laut
> hört
> hört wie sie lachen
> unsre freunde
> sie leben

Kommt zu gast
haltet rast
nehmt und esst
nehmt und trinkt

Apropos Memoiren

Mein Leben – was ist schließlich davon geblieben? Lauter Geschichten. Es ist erstaunlich, was Geschichten mit dem gelebten Leben anfangen! Sie können davon berichten, möglichst nahe an der Wirklichkeit, soweit ich sie noch erinnere oder sie mit Recherchen versachliche. Auf solche Geschichten ist man heute scharf. Immerhin kommen wir aus einer Generation, die solch erstaunliche Tatsachen erlebt hat, dass sie den Nachkommen wie ein Abenteuer vorkommen. Solche Zeitzeugen werden deshalb dazu animiert, ihre Memoiren zu schreiben. Das alles soll einmal für die nachkommende Generation festgehalten werden. Clever: Von Memoiren lebt ein ganzer Geschäftszweig. Denn: Kann ich überhaupt so schreiben, formulieren, pointieren, dass es auch gerne gelesen wird? Macht nichts, dafür bieten sich Ghostwriter an. Die haben ein paar Sitzungen mit mir und dann schreiben sie ein Buch, mein Buch, professionell formuliert. MEIN LEBEN heißt das dann. Dennoch bleibt die bange Frage: Wer wird das lesen wollen?

Es gibt aber auch eine andere Art von Geschichten. Das sind die erzählten, mündlichen. Irgendwie haben auch sie mit der Realität zu tun, bloß anders. Sie umkreisen sie, gehen lustvoll mit ihr um, verändern sie nach Tagesform, finden hier eine komische Pointe, dort eine balladenhafte Wendung, eine „Moral von der Geschicht". Solche Geschichten können sich von der Realität entfernen, aus der sie kommen und dennoch deren Wesentliches im Auge behalten. Sie klopfen sich genüsslich auf den Bauch vor lauter Erzähllust und genießen, was sie im Zuhörer anrichten. Und tatsächlich: Sie kriegen es fertig, ein Leben zu erzählen – dieses rätsel-hafte Stück eigene Zeit. Aber dafür gibt es eben keine Ghostwriter. Das will gekonnt sein.

Meine Mutter. Die hatte uns, ihren Kindern, viele Male und ausschweifend von ihrem Leben erzählt. Das woll-ten wir dann auch einmal schriftlich haben, eben als Memoiren. Und als ihr Leben dann langsam ausklang und ruhiger wurde, bedrängten wir sie, das auch einmal aufzuschreiben. Das gefiel ihr gar nicht, aber sie gab schließlich nach und fing tapfer zu schreiben an. Doch sie kam nicht über die Beschreibung von den Gaslater-nen in der Straße ihrer magdeburgischen Kindheit hin-aus. Da wurde sie durch eine Sehnenscheideentzündung erlöst und berichtete uns vergnügt, dass damit wohl ihre Memoiren beendet seien. Jedoch oh Wunder: ihre so wunderbar mündlich erzählten Geschichten bereichern noch heute jedes Familienfest.

Kleine Meditation

Ich bin Lazarus

Wir sind eine kleine Gruppe engagierter Christen und spielen Bibliodrama. Das heißt, wir vertiefen uns in irgendeine Figur oder Szene der Bibel und spielen sie so, als wäre sie für uns heute geschrieben.

Das geht so: Einer von uns spielt beispielsweise den Isaak auf dem Holzstoß, über sich das Messer seines Vaters Abraham. Was mag der Junge fühlen in diesem Moment? Angst? Fassungslosigkeit? Enttäuschung über diesen großen Mann, den Vater? Und letztlich: Wie fühle ich mich in ihm verborgen?

Ein andermal spielen wir die Auferweckung des Lazarus. Die Rollen werden verteilt. Gleich vier von uns wollen den Lazarus spielen, zwei den Jesus. Einer der Jesusse steht vor der Grabhöhle und befiehlt donnernd: „Lazarus komm heraus!" „Nein!" tönt es da aus dem vierfach besetzten Grab zurück, „Ich komme nicht! So nicht!" Da hatte wohl einer Probleme mit der Autorität.

Neulich standen wir uns als Jesus und Petrus gegenüber. Was hat wohl Jesus dem Petrus als Wichtigstes zu sagen? Oh nein, er hob nicht anklagend den Finger und erinnerte an den Hahnenschrei. Für diesen Jesus hier war etwas anderes viel wichtiger. Er sagte: „Du bist Petrus, der Fels. Und auf solche Felsen will ich meine Kirche bauen". Hoppla. Er hatte nicht gesagt: Auf diesen Fels. Das tönte so gar nicht nach Zentralismus. Das tönte nach mehr Verantwortung für die Ortskirchen, die Heiligen, die Berufenen.

Leider hörte uns keiner zu. Leider haben wir keine Rolle im Großen Spiel. Oder vielleicht doch?

Der Jude im Dorn

Im Jahre 30 unserer Zeitrechnung saß ein Schuhmacher in Jerusalem vor seiner Haustür an der Straße zur Hinrichtungsstätte, als eine aufgebrachte Volksmenge an ihm vorbeilärmte, die einen von Folter gezeichneten Verurteilten mit sich führte. Dieser bat im Vorübergehen den dort sitzenden Mann um eine kurze Rast, die dieser ihm aber verweigerte. Darauf schaute der Elende ihn an und sagte: „Ich will stehen und ruhen, du aber sollst bis zum Jüngsten Tag weitergehen". Die Szene wäre so oder ähnlich bald in Vergessenheit geraten, wenn es sich dabei nicht um Jesus von Nazaret gehandelt hätte auf dem Weg nach Golgota.

Die Geschichte erhielt sich verständlicherweise in der Erzähltradition und ging im 13. Jahrhundert in die Volkssage ein. Das 1602 in Leiden erscheinende anonyme „Volksbuch vom Ewigen Juden" machte dann aus der Figur des Schuhmachers den Ahasverus. Das Motiv verbreitete sich in zahlreichen Varianten. Immer erfüllte sich der Fluch Jesu am Ende und Ahasver wurde als Strafe zur ewigen Wanderschaft verdammt, ohne sterben zu können. So überliefert ihn die Volkssage als einen Ruhelosen, aber auch als eine dem Teufel nahe dämonische Gestalt. Das Motiv war freilich nicht neu. Seine biblische Analogie hat es etwa bei Kain, der nach seinem Brudermord an Abel ebenfalls zur ruhelosen Wanderschaft auf Erden verurteilt wurde. Was aber der Sage ihre Unsterblichkeit verlieh war, dass ihr „Ewiger Jude" mit der Zeit in der Literatur und im Bewusstsein der Menschen zum Zerrbild des gesamten Judentums wurde.

So wanderte denn der Jude durch die Weltgeschichte. Als Einzelner, aber auch als Volk. Ruhelos. Als verschlagen gekennzeichnet, bekämpft, verhöhnt, vertrieben, vergast. Neben der Volkssage schlug sich diese mythische Gestalt außer in der Literatur dann auch in anderen Medien nieder als eine ungeheure Welle des Antisemitismus, aber auch gelegentlich der Toleranz. Dazu seien hier, stellvertretend für andere, drei Beispiele vorgestellt.

Im Zuge der Aufklärung erschien 1779 das Drama von Lessing: „Nathan der Weise" mit seinem positiven Religionsbild, das einen gemeinsamen Kern in den monotheistischen Religionen ausmachte. Als zweites sei der nationalsozialistische Propagandafilm von Veit Harlan „Jud Süß" (1940) genannt mit seiner gemeinen Hetze. Und als drittes ein eher unscheinbarer Text aus den „Kinder- und Hausmärchen" der Gebrüder Grimm (2. Auflage 1819) mit dem Titel „Der Jude im Dorn" (Nr. 110), eigentlich kein Märchen. Hier benützt ein als brav und mildtätig dargestellter Junge seine Wundergeige, um einen des Wegs kommenden Juden (charakterisiert durch einen langen Ziegenbart und einen Beutel Gold) mutwillig in einen Dornbusch zu locken und ihn dort kraft seiner Geige so lange tanzen zu lassen, bis ihm die Kleider und die Haut in Fetzen fliegen. Der Text zielt deutlich auf ein Publikum, das schadenfroh seine Genugtuung hat an diesem comic-haft zappelnden Wicht.

Verfolgen wir den Weg dieser drei Beispiele unter dem Aspekt des „Ewigen Juden". Der „Nathan" wird heute in seiner toleranten Haltung auffallend häufig wieder aufgeführt. „Jud Süß" zerschellte in der Agonie des Nationalsozialismus. Und der „Jude im Dorn"? Hier zeigt sich im Bewusstsein der Gegenwart ein neues Bild: Nach den begangenen und geduldeten Verbrechen am Volk der Juden haben Kirche, Politik und Gesellschaft Abbitte und Sühne geleistet. Damit hat sich auch die Rezeption des Märchens verändert: Es kann heute wieder erzählt werden. Die Zuhörenden können jetzt mit Betroffenheit, Schauder und Mitleid mit diesem geschändeten Menschen reagieren.

Doch zurück zum Ausgangspunkt im Jahre 30 an der Via dolorosa, wo alles begann. Erstaunlicherweise ist bei näherer Betrachtung bis hin zur Buchfassung 1602 nirgendwo davon die Rede, dass es sich bei dem Schuhmacher um einen Juden handelt. Man hat ihn erst dazu gemacht.

Geschichte von den Münsterbuben

Wer in Freiburg aufmerksam die Zeitung liest – und das beharrlich, Jahr für Jahr – dem dürfte irgendwann einmal aufgefallen sein, dass in jedem November die Geschichte von den Münsterbuben kommt. Und wer ganz besonders aufmerksam ist, der merkt, dass diese Geschichte lebt, ja eine unbekümmerte Eigendynamik hat, wie das eben bei Geschichten, die aus dem Mündlichen gespeist sind, so ist. Mal tritt der eine, mal der andere Aspekt in den Vordergrund. Es gibt Zeiten, die tabuisieren, die favorisieren, und solche, die entzaubern. Schon gar wenn es wie hier über 70 Jahre so läuft und die Geschichten schon durch zahllose Münder gewandert sind. Eigentlich handelt die Geschichte ja vom Münster selbst, dem Nationalheiligtum der Freiburger, und das macht ihre Wichtigkeit aus.

Und nun zum Kern der Geschichte. Beim Luftangriff auf Freiburg durch die Royal Air Force am 27. November 1944 fiel die Stadt in Schutt und Asche, bloß das Münster blieb verschont. Wenigstens einigermaßen, denn durch die Druckwellen der Bombenexplosionen ringsum wurde das Dach fast abgedeckt. Das heißt, Regen, Schutt und Nassschnee hätten in Kürze das sonst unversehrte Gebäude zum Einsturz gebracht. Was tun? Da startete der damalige Dompfarrer einen Hilferuf an die umliegenden Pfarreien, das Dach zu decken. Ziegel wären bei einer nahe gelegenen Schule zu organisieren. Aber Bauarbeiter, Dachdecker und sonstige kräftige Männer seien alle im Krieg. Wer daraufhin kam, waren Kinder, hier vorerst „Münsterbuben" genannt, die 13- bis 15jährigen. Die waren zu jung für den Krieg, hatten kriegsbedingt sowieso keine Schule und damit Zeit. Die stellten sich fortan Tag für Tag ein und deckten das Dach. Sie kamen den gefährlichen Weg zu dieser harten Arbeit, trotz der ständigen Bedrohung durch Tiefflieger und Bombenalarm, über Trümmer und Blindgänger. Sie kamen ohne angemessene Ausrüstung in Trainingsanzügen und Kläpperle. Ungesichert, aber hart im Nehmen. Soweit die Heldenversion.

Bald aber meldeten sich auch Frauen zu Wort, und die Zeitungsgeschichten bekamen einen neuen Aspekt. Sie hatten nämlich damals als Mädchen mit den Buben zusammen auf dem Münsterdach geschuftet. Ziemlich viele sogar, warum hatte man sie bisher unterschlagen? Und sie erinnerten sich, dass man sie zuerst nicht wollte, weil sie Röcke trugen. Aber da mussten eben die Hosen der Brüder herhalten. Ihre Aufgabe wurde es dann hauptsächlich, das Laufrad, welches die Lasten nach oben beförderte, wie ein Hamsterrad in Bewegung zu halten.

Der vergangene November brachte nun in der Zeitung ein großes Foto von diesen ehemaligen Münsterbuben und -mädchen, heute lauter Mittachtziger. Etwa 25 an der Zahl, die inzwischen Verstorbenen abgerechnet. Und wie der Lauf der Zeit irgendwann auch einmal einen Tabubruch zulässt, erfuhr der erstaunte Leser diesmal, dass das so angeschlagene Münster für sie damals auch so etwas wie ein Abenteuerspielplatz gewesen war. Es gab ja keine Autoritäten, die das hätten verhindern können. Wie herrlich war es doch gewesen, nebenbei auf dem Münsterdachboden Verstecken zu spielen, im weiträumigen Langhaus Fahrrad zu fahren! Wer verbot schon den Spaß, den Apostelfiguren Blumentopfhüte aufzusetzen? Oder auf dem Knoten eines langen Seils durch das weite Kirchenschiff zu schwingen! Und eine grimmige Freude hatte es gebracht, die unten versammelten Nazibonzen aus der Deckung heraus mit scharfen Schneebällen zu bewerfen!

Tempi passati. Bald gibt es keinen mündlichen Zustrom zu dieser Geschichte mehr. Dann wird sie aufgeschrieben, zementiert und festgezurrt. Ein Historiker der nächsten Generation ist schon dabei. Und eine neue Gedenktafel auf dem Dachstuhl des Münsters hält die Namen fest.

Deutschland über alles

Mai 1945. Der Krieg, immer noch einmal aufflackernd, war endlich erloschen. Die Überlebenden krochen vorsichtig und misstrauisch aus den Trümmern ihrer Häuser. Draußen bahnte sich ein Frühling an. Mit den Besatzern sickerte eine neue fremde Welt ins Land. Die Amerikaner brachten ihn mit, den Rhythmus, der verlockend in die Knochen sprang und „JATZ" genannt wurde. Hie und da gelangte auch ein Import in die provisorischen Theater: Thornton Wilder: WIR SIND NOCH EINMAL DAVONGEKOMMEN. Versuche einer Neuorientierung in einer Zeit der Mut- und Identitätslosigkeit. Gab es überhaupt noch eine deutsche Kultur?

Der Mai war noch nicht vorbei, da kündigte in Konstanz das Schmitt-Bohn-Quartett ein Konzert an, das Spannung und Vorfreude auslöste. Man strömte in einen notdürftig hergerichteten Raum in der einigermaßen unzerstörten Innenstadt. Die Streicher stimmten ihre Instrumente. Dann begannen sie, und es platzte hinein wie ein Schock: DEUTSCHLAND ÜBER ALLES. Oh wie kannte man diese Töne seit Jahren! Und jetzt, dachte man, jetzt müsste unweigerlich das so verhasste Nationallied DIE FAHNE HOCH folgen. Totale Irritation bei den Zuhörern. War das am Ende ein Aufstand der Subversiven, der ewig gestrigen Nazis? Oder machte man sich hier über unser Elend lustig? Die ersten Zuhörer verließen unter lautem Protest den Raum.

Doch das Cello und die Geigen spielten unbeirrt weiter. Strahlendes erfüllte den Raum. Und da ging es den Leuten plötzlich auf: Das ist doch Haydn, unser Joseph Haydn! Sein Kaiserquartett, opus 76 Nr.3, wie hatte man das nur vergessen können! Des schönen, aber missbrauchten Textes von Hoffmann v. Fallersleben entkleidet erstand es hier vor ihren Ohren neu. Die Musik hatte ihre Unschuld zurück. Endlich hatte man kapiert.

Die verbliebenen Zuhörer überkam es wie Gänsehaut. Mit so etwas wie Stolz, Scham und Hoffnung: Vielleicht sind wir doch noch wer.

Humane Gesellschaft

Ich – gestern
im Yoga
in der Straßenbahn
am Arbeitsplatz.
Möglich dass ich gehustet habe
niesen musste.
Von rechts und links jedenfalls
ein Hustenbonbon
Tempo-Taschentuch
wie ein Reflex.
Das Mitgefühl
reicht seine
Gaben.

Ich – heute
im Yoga
in der Straßenbahn
am Arbeitsplatz.
Ich weine.
Rechts und links diesmal
Abschottung
Hilflosigkeit
wie ein Reflex.
Statt dessen wird mir
ein Flyer mit
einer Kontaktadresse zugesteckt.

Ich werde hingehen
hungrig nach den
Brosamen
der Fachleute.

Das Zeugnis

Ich war damals auf einem Gymnasium, das war so elitär, dass man hochdeutsch sprechen musste. Und weil dies eigentlich eine Jungenschule war, musste ich dort als Mädchen eine Extraprüfung ablegen. Bloß gelernt habe ich nichts. Die meiste Zeit war Krieg. Wir saßen viel im Luftschutzkeller, und wenn nachts Alarm kam, durften wir zwei Stunden zu spät kommen. Von Staats wegen wurden wir zum Sammeln von Altmaterial, Heilkräutern oder Kartoffelkäfern eingesetzt. Und der Unterricht? Da die Lehrer an der Front waren, hatte man ihre alten Kollegen noch einmal aus der wohlverdienten Pensionsruhe geholt, um uns zu lehren. Eine Sternstunde war es, wenn einmal ein forscher junger Offizier in seinem Verwundetenurlaub vertretungsweise den Unterricht übernahm. Und wir selbst? Wir waren Nutznießer dieses Mangels. Anstatt an Geist und Seele zu reifen, nahmen wir uns die gewonnene Freiheit, um unseren Spielen nachzugehen. Die wurden von Jahr zu Jahr immer fantasievoller, waghalsiger und zeitraubender. In diesem Schülerchaos bewies wenigstens Mutter Pragmatik: Sie forderte energisch meine Hilfe im anspruchsvollen Haushalt ein.

Bis drohend das Abitur am Horizont stand. Ich flüchtete in ein Internat im Schwäbischen, wo mir ein halbes Jahr lang im Schnellverfahren das nötige Wissen eingebimst wurde. Die schriftliche Prüfung durften wir zwar wohlbehütet im Haus ablegen, zum Mündlichen aber wurden wir in die nächste Kreisstadt gekarrt. Zentralabitur. Unser Wissen sollte von Lehrkräften, die uns fremd waren, auf die für die französische Besatzungszone aufgestellten Standards abgefragt werden. Doch wie dürftig war unser Wissen! Das Wenige war noch vom Naziregime verkürzt, verfremdet und manipuliert gewesen. Aber irgendwie ging alles vorbei. Ich bekam das ersehnte Zeugnis. Bestanden. Man hatte es gut mit uns verwahrlosten Kriegskindern gemeint, das war uns allen klar. Meine Note schätzte ich in ehrlicher Selbsterkenntnis auf gerade mal Ausreichend ein. Und bei der Schätzung blieb es. Denn um die Note zu errechnen, hätte ich das fremde Notensystem kapieren müssen, das man auf einem beiliegenden Schlüssel versucht hatte zu erklären. Aber dieser Mühe enthob mich die Tatsache, dass ich sowieso nicht hätte studieren können, so gern ich es getan hätte. Das kostete damals, und mein Vater war tot. Was soll's. Diesen Traum musste ich begraben.

Ich machte also die Ausbildung in einem Verlag und arbeitete dort. Irgendwann gründete ich eine Familie. Doch kaum hatte ich sie aus dem Gröbsten heraus, zog es mich mit Macht zur Universität. Jetzt endlich. Ich begab mich in Freiburg aufs Studentensekretariat, um mich zu immatrikulieren, stand lange in der Schlange an und zeigte, als ich schließlich drankam, meinen alten Wisch von Zeugnis vor. Vielleicht hat man Erbarmen, dachte ich und hoffte auf einen Altersbonus.

Die Dame dort musterte mich lange, kramte dann einen Notenschlüssel der Nachkriegszeit hervor, rechnete und sagte: „Das ist eine 2,0" und schrieb mich fürs erste Semester ein.

Das Schicksal hat doch einen eigentümlichen Humor.

Das Schlaraffenland

Nein, das ist hierzulande nicht mehr unser Ding, von einem solchen Schlaraffenland träumen wir nicht: Mit dicken Bäuchen einsam auf saftiger Erde liegen, gebratene Tauben im Mund, die Bäche voll von Grauem Burgunder oder so. Dieses Bild steht uns seit dem Gemälde von Pieter Brueghel vor Augen. Und natürlich als Märchen. Sonderbarerweise aber nicht von den Grimms erzählt, wie jeder glaubt, sondern von Ludwig Bechstein.

Das hat seinen Grund. Die Brüder Grimm waren politisch engagiert und fühlten sich zudem in pädagogischer Verantwortung: Schließlich gehörten Kinder zur Zielgruppe ihrer Märchen. Da konnten sie doch nicht ungezügelte Esslust favorisieren, ein Leben auf der faulen Haut, eine geradezu plebejische Sozialordnung. Dazu ein Essbenehmen, dass Gott erbarm, von Erotik ganz zu schweigen. Auch sei Gottlosigkeit im Spiel, hieß es. Sie hatten nicht ganz unrecht. Dieses „nahrhafteste Märchen aller Zeiten" war zutiefst politisch. Dies hier war eine Hungerprojektion armer Leute, die Sattsein überhaupt nicht kannten. Zudem zeigte es ein Lustleben ohne Arbeit auf – und das passte weder der weltlichen noch der geistlichen Obrigkeit. Denen passte auch nicht das rohe und tölpelhafte Gebaren, das hier so anschaulich propagiert wurde – da könnte eine gefährliche soziale Kluft entstehen. Und dann die Verherrlichung der Faulheit! Daher übrigens auch der Name. Denn eigentlich heißt es „Schlauraffenland". Darin steckt das mittelhochdeutsche „slûren", uns heute noch vertraut als „schludern", das ist faulenzen, auf die ganz schlaue Art müßig gehen. Und „Affenland"? Das war die lustige Umschreibung von etwas frei Erdachtem.

Ludwig Bechstein hatte da offenbar keine Bedenken. Ihm mag das Märchen einfach als eine Wunschprojektion gefallen haben. Und das ist es wahrhaftig. Ein Schlemmerparadies – uralter Wunschtraum der Menschheit – man gab ihm von alters her den Namen Cucania. Bereits die wandernden Kinder Israels hatten das Land gesucht, wo „Milch und Honig fließt". Und wer glaubt, die Entdecker seien unter tausendfältiger Lebensgefahr über die Meere gezogen um ihres Herrschers willen, der irrt. Insgeheim suchten sie Wunderwelten, von denen daheim gemunkelt worden war. Und damit nur ja niemand meinen könnte, es handle sich dabei um eine Utopie, gaben die Munkler und die von ihnen erzählten Geschichten ihnen gleich einen geographischen Ort: Es sei nämlich ein Berg drum herum, aus Hirse oder Reis. Da könne man hinwandern und sich durchessen. Und noch genauer: Cucania oder Schlaraffenland liege drei Meilen hinter Weihnachten. Damit also kann es keine Utopie mehr sein. Denn Weihnachten ist Realität.

In den Lesebüchern ist das Märchen vom Schlaraffenland heute längst nicht mehr zu finden, nicht einmal in der Gedichtversion von Hoffmann von Fallersleben („Kommt, wir wollen uns begeben / Jetzo ins Schlaraffenland"). Schlemmerland ist out. Aber wie steht es heute mit seinen Wunschaspekten? Genuss ohne Arbeit – das wäre schon schön. Soziale Gleichheit der Menschen – daran arbeiten wir. Eine umgekehrte Sozialordnung – dafür haben wir die Fastnacht. Aber wie steht es dann mit den Tauben im Mund? Dass nämlich heute einfach das Essen uns so zufliegt, wie und wo immer wir sind? Der Döner auf der Straße, schnell mal die Pommes rot oder weiß, Coffee to go.

Das bringt's. Auf diese Freiheit von den geheiligten und festgeschriebenen Esskonventionen unserer Vorfahren bewegen wir uns seit der Picknickbewegung des Rokoko unaufhaltsam zu. Schluss mit Omas Tischsitten! „Es wächst in den Mund", heißt es, spendet Fruchtbarkeit sozusagen automatisch, auf den Zäunen, an den Bäumen, im Bach. Das haben wir doch auch: Lebensmittelautomaten, Selbstbedienungsläden, Checkautomaten, Handy.

Ganz schlaraffisch.

Revolte bei Gabriel

Beim Heimkommen
Überraschung
in meinem Flur.
Man veranstaltet ein großes Geschrei:
HUNGER – tönt es mir im Kopf
UNTERDRÜCKUNG
KAPITALIST

Es ist mein Papageienpärchen
Mari und Huana.
Sie toben über den Flur
wenden mit den Schnäbeln
jeden Dreckskrümel um
schmeißen tote Fliegen hoch
wirbeln demonstrativ Staubwölkchen auf
wütend, vorwurfsvoll:
Hörst du?
Verstehst du?
Scheißladen hier!

Ach
ich vergaß bloß
den Futternapf
zu füllen.

Konspirative Treffen

Das war der Tag, als sie sich in dem Pfarrhaus des winzigen fränkischen Dorfes versammelten, in dem jede Familie „Mohr" hieß. Wo sie an den langen, weißgedeckten Tischen Ostern feierten. Mit vielen Kerzen, bunten Eiern, mit den neuen und uralten Gesängen, und immer wieder war da das Wort „Frohlocken". Dies Wort gefiel dem Kind, das wollte es behalten. Leider verursachte es dann aber eine Störung, als es eine Raupe im Salat fand und dies auch lauthals kundtat. Auch Andres war gekommen, auf dem Motorrad, und das Kind und er hatten ihr altes Spielchen gespielt: „Wie alt bist du?" „achtzehn", sagte dann Andres wie schon das letztemal, und wie er es sicher immer sagen würde.

Das war die Nacht davor. Von weither waren sie alle gekommen mit Fahrrädern, Zügen oder zu Fuß und hatten sich auf einer Lichtung des großen, dichten Waldes getroffen. Hatten Lieder gesungen von Freundschaft, die nicht wankt und von Gedanken, die frei sind. Leise, so gut es ging, und auch die Klampfen leise, leise. Das Kind hatte nicht mitgesungen. Es sollte auf den Ruf des Käuzchens achten: Das Signal der Wächter rund um den Wald, wenn Gefahr von Spitzeln drohte. Nur wenn sie sangen „Wo wir uns finden wohl unter Linden", dann lief ihm ein Schauer über den Rücken, ein Schauer von Heimlichkeit und Bedrohung.

Das war der Tag nach der Sache mit der Raupe. Der Vater und das Kind machten eine Wanderung miteinander – etwas ganz Besonderes, weil nämlich der Vater nur noch selten zuhause war, immer weg an Orten, wo man für ihn beten mußte. „Jetzt kannst du mir einmal alle Fragen stellen, die du hast", sagte derVater. Aber dem Kind fielen so schnell keine Fragen ein. Immer wenn es Fragen gehabt hatte – und das war oft – war der Vater nicht dagewesen. Und später hatte es sie wieder vergessen. Doch dann sagten die beiden Wanderer sich gegenseitig Gedichte auf. Nicht nur „Klotz, Klotz am Bein", sondern auch andere, komische, ernste, spannende. Das machte Spaß, man konnte sich gegenseitig weiterhelfen, wenns nicht mehr weiterging. „Du musst viele Gedichte kennen", meinte der Vater. „Wenn du einmal im Gefängnis bist, hältst du es sonst nicht aus". Schließlich kamen sie bei einem Schwimmbad an und der Vater hatte die verrückte Idee, mal mit den Kleidern ins Wasser zu springen und zu versuchen, damit zu schwimmen.

Das war ein paar Wochen danach, als sie wieder zuhause waren. Feldgraue Männer gingen bei ihnen ein und aus. Meistens blieben sie über Nacht, wo immer sie Platz fanden zum Schlafen vor dem Weitertransport in den Kampf. Manchmal spielten sie am Abend mit dem Kasperletheater, da stellte dann jede der Figuren einen aus der großen Politik dar, und alle lachten, wenn auch grimmig. Dem Kind gefiel am besten das Krokodil, das sollte der Mann mit der großen Klappe sein. Nur Namen wurden nie genannt. Das Kind hätte sich in der Schule verplappern können.

Das war der Tag, an dem auch Andres mit den Feldgrauen kam. Er war immer noch achtzehn auf die Frage des Kindes. Das legte ihm abends heimlich ein Kissen aus dem Puppenwagen auf die Luftmatratze, und er bedankte sich am Morgen auch herzlich dafür. Bloß leider bei der großen Schwester, er konnte es ja nicht besser wissen. Als er ging, war das Kind traurig. Andres blieb immer achtzehn.

Das war der Tag, als auch der Vater verlorenging. Mit dem Kind wurde nicht darüber gesprochen. Nur einen Ausdruck schnappte es auf: Konspirative Treffen. Wieder so ein Wort, das es nicht verstand. Damals, jedenfalls.

Das Bett

In der Tageszeitung unserer Stadt gibt es eine Rubrik, wo irgendwie interessante Leute aus dem Ort nach ihren Gewohnheiten, Wünschen und Vorlieben befragt werden. Also etwa nach dem, was sie am besten kochen können oder was sie täten, wären sie Bürgermeister. Auch zu mir verirrte sich ein Interviewer und fragte mich ab. So kamen wir auch zu der Frage nach meinem Traum- und heimlichen Fluchtort. Andere vor mir hatten diesen Punkt mit „Malediven", „Oberammergau", „Costa Rica" beantwortet oder auch nur mit dem Nobelrestaurant vor Ort. Da ich mich hier sowieso nicht am rechten Ort fühlte und zudem Angeberei absolut nicht leiden kann, hielt ich trotzig dagegen: Mein Bett. Der Mann stutzte, strich mich aber nicht von der Liste und knallte auch nicht die Tür hinter sich zu, sondern sagte nur: Apart, apart.

Nun hat es mit meinem Bett Folgendes auf sich. Nein, an erotische Bezüge dachte ich diesmal nicht, obwohl die natürlich auch da sind. Beim Gedanken an mein Bett war mir in dem Moment gleich warm um Seele und Leib. Dieses Sich-Hineinkuscheln! Dieses wohlige „Nesten" mit Armen und Beinen und mit dem ganzen Körper, bis die rechte, bestmögliche Stelle des Wohlbefindens gefunden ist! Und von dort dann das Hinübergleiten in eine andere Welt hinter der Welt: Die Welt des Traumes.

Hier darf ich endlich einmal ganz für mich allein sein. Rauchen wäre schön, fällt aber nach einschlägigen Erfahrungen aus der Prominenz aus. Dafür genieße ich im Schutz einer verbreiteten Meinung, der Schlaf sei heilig (auch wenn ich gerade gar nicht schlafe), die Immunität eines Säuglings. Psst – heißt das Zauberwort. Ich brauche die Türklingel nicht zu hören, darf das Telefon abstellen. Man flüstert um mich herum – eine Rücksicht, die mir sonst eben nicht zuteil wird. All dies sagte ich natürlich nicht dem Interviewer. Er soll sich seinen Teil selber denken.

Nachdem das Interview erschienen war, übermittelte mir die Redaktion eine Menge fröhlicher, mitfühlender Leserzuschriften. Ich vermute, der mit den Malediven hat nicht so viele gekriegt.

Ein Wort

Ich habe ein Buch gelesen
dort stand ein Wort
dies Wort
machte mich neu

Ich bin einem Menschen begegnet
da fiel ein Wort
seitdem
bin ich neu

Ich bin nicht mehr
die ich vorher war
ich bin neu
das Neue tut wohl
ich will nie mehr zurück
ich umklammere es
das Neue
sauge mich daran fest
möchte es im Tresor
dreimal verschließen

Doch da finde ich
die Stelle im Buch nicht mehr
weiß nicht mehr
wovon wir sprachen
das Wort
ist fort

Ich bin dennoch neu

Ein Text wird geboren

Ich glaube, ich bin krank. Kein Schlaf. Kein Appetit. Die Träume. Schwindel. Angst. Doch dann wird mir irgendwann klar: Da schafft sich eine Geschichte Raum.

Mit einer Geschichte, die sich auflädt, muss man behutsam umgehen. Sie ist wie ein Hefeteig: steckt man ihn zu früh in den Ofen, geht er kaputt. Wartet man zu lange, fällt er in sich zusammen. Für eine Geschichte muss man auf der Lauer liegen, bloß nicht aufgeben. Zuerst das Thema herauskristallisieren. Ist es da, lädt es sich leise auf mit einem Sound, einem Rhythmus. Bilder kommen hinzu. Dann erst geht es ans Handwerk: Der erste Satz ist wichtig, dann der letzte – die Pointe kann über alles entscheiden. Eine Überraschung wäre gut. Absätze, Episoden müssen aufgebaut werden. Abgetastet, ob ein Witz darin Platz hat, eine Botschaft, ein Sprachbild. Wichtig auch, den rechten Moment zu erkennen, wo man sich dem leeren Papier, den Tasten anvertraut. Telefon aus, Türklingel aus. Und dann: der Absprung.

Vielleicht bin ich tatsächlich krank, schwanger mit einer Geschichte. Doch mit welcher? Ich habe ja noch nicht einmal ein Thema. Mein Ideenlieferant ist der Alltag, soviel steht jedenfalls fest. Tausend Möglichkeiten schwirren mir durch den Kopf, werden sortiert, verworfen. Wo steckt prickelndes Leben, wo Entwicklung drin? Entscheide ich mich falsch, kommt es über kurz oder lang zur Depression, zum Schwangerschafts-Blues. Doch das muss ich riskieren. Und auf einmal ist auch ein Thema da: Regen. Da blüht etwas auf, entfaltet sich,

ich komme mit der Stoffsammlung gar nicht mehr nach:

„Es regnet. Schon den ganzen Tag. Es regnet drei Tage. Es regnet ein Jahr lang, sieben Jahre. Unaufhörlich regnet es, und das Wasser auf der Erde steigt und steigt ...“ So etwa könnte es anfangen. Ich gerate ins Apokalyptische, da ist mir wohl, da kann ich mich einbringen. Doch dann erschreckend der Dämpfer: In solchen Dimensionen hat sich ja schon Alfred Hitchcock mit seinen „Vögeln“ bewegt. Und was das Thema „Regen“ betrifft, da brauche ich nur durch die Literatur zu surfen, da bin ich längst nicht mehr originell. Wie regnet es doch überall in der Literatur: Romantisch, abenteuerlich, ja auch apokalyptisch. Es ist passiert: Meine Geschichte ist kaputt, ehe sie recht begann. Eine Fehlgeburt. Meine Krankheit – umsonst. Das Thema drei Nummern zu groß für mich. Dennoch: Es hat mich am Leben erhalten, mich umgetrieben, mir meine Grenzen gezeigt.

Das Leben ist eine einzige große Verschwendung. Seine Maßlosigkeit zeigt es nicht nur in unaufhörlicher Fortpflanzung, sondern auch in seinen Geschichten, den geschriebenen und den ungeschriebenen. Und die unter ihnen, die mich wie ein Blitz treffen, sie sind alle nur Splitter von meinem eigenen Ich. Zeugen von Möglichkeiten, von denen ich sonst keine Ahnung hätte.

Draußen wächst ein Tag aus dem Morgennebel. Ich stehe am Fenster und schaue hinaus. Es ist noch still. Nur beim Bäcker gegenüber ist Betrieb. Um diese Zeit ist der Laden gefüllt mit jungen Vätern, die fürs Familienfrühstück einkaufen, ungekämmten Kindern und hie und da einer übernächtigten Frau. Ich sehe sie schemenhaft den Laden verlassen, deutlich nur ihre blaue Bäckertüte. Sie verstreuen sich in den Autos, auf den Straßen, werden von Häuserwänden verschluckt. Blaue Tüten wandern im Morgendunst, sie sind wie Tupfen auf einem impressionistischen Gemälde. Vielleicht lässt sich daraus eine Geschichte machen.

Geranienuhr

Ich warte darauf
dass meine geranie blüht
schon streckt sie
vier knospen
nach allen seiten
lässt ihr rosa
erst vermuten

Heute ist nicht mein tag
heute erreichen meine gedanken
nur unbewohnbare orte
einige davon
zerspringen
wenn ich sie streife

Trotzdem warte ich geduldig darauf
stunde um stunde um stunde
dass meine geranie blüht
als hinge von ihrem vierfachen rosa
mein leben ab

Vielleicht werde ich dann
wenn die vier knospen
in fülle leuchten
das morgen endlich erreicht haben
einen zufluchtsort
wo ich wohnung finde in mir.

Die geranienuhr läuft

Der Reisepass

Sie braucht einen neuen Reisepass, der letzte ist abgelaufen. Dazu ist ein Foto nötig, das hatte die Frau nicht bedacht. Zehn Minuten gibt man ihr dafür im Amt.

Aber wie sollen diese Minuten in der Fotokabine reichen? Dort muss man sich doch erst einmal kämmen, Kleingeld herauskramen! Aber wo steckt man das bloss hinein? Wie soll man den Stuhl in die rechte Höhe bringen?

Sie ruft die Dame am Empfang nebenan zu Hilfe. Doch die hat Kundschaft. Kommt trotzdem. Mein Gott, stöhnt sie. Bitte, fleht die Andere. Endlich bewegt sich was auf dem Bildschirm.

Welches Gesicht soll ich machen? Stressgesicht! Und das alles in zehn Minuten!

Ihr schwindelt. Jetzt abhauen. Nix wie weg.

Kabinenvorhang zurück. Draußen wartet ein Haufen Kerle, Syrer vielleicht, freundlich grinsend. Mama, erinnern sie sich wahrscheinlich. Zurückgelassen auf der Flucht. Sie werden jetzt Geld heimschicken können, bald. Jetzt endlich haben sie ja wieder einen Namen, Registriernummer, Identität. Fehlt nur noch das Passfoto.

Für die Frau machen sie eine Gasse. Ihr verstörter Blick bleibt an einem T-Shirt hängen: NAI HÄMMER G'SAIT. Groteske aus der Spendenkammer? Aber vielleicht doch nicht. Einer der Männer löst sich aus dem Knäuel, läuft hinter ihr her mit den fertigen Fotos: Is okay. Und schon sitzt der Nächste in der Kabine.

Wofür brauche ich in meinem Alter eigentlich noch einen Reisepass? denkt die Frau erschöpft im Weiterhasten. Den Ablauftermin erlebe ich sowieso nicht mehr. Und reisen tue ich auch nicht. Aber Ordnung muss sein. Der netten Dame am Empfang werde ich ein kleines Geschenk machen. Und für die Jungs beten. Ordnung muß sein.

Rettendes Bild

Wenn es dunkel wird in meinem Leben, kann es geschehen, dass Bilder rettend aufsteigen. Diesmal kommt eins aus meiner Kindheit und tröstet mich mit der Erinnerung an eine Frau. War es meine Mutter? Eine, die dafür bezahlt wurde? Wie auch immer. Es war eine Frau, die für mich an einem bestimmten Tag sorgte.

Ich hole dieses Bild hervor – und da ist sie auch schon, diese Frau. Sie steht an der Tür und ruft „Guten Morgen". Aber das Kind rührt sich nicht. Es hat Fieber, wie sich erweist, 38,2 Grad. Es friert, hat einen roten Hals und eine verstopfte Nase. Also keine Schule. Die Frau zieht einen weißen Kittel an und macht sich ans Werk. Das warme Wasser läuft in die Badewanne, dazu ein Schuss Eukalyptusöl. Das Kind hinein. Damit das Wasser nicht abkühlt, wird ab und zu heißes Wasser nachgelassen. Das Kind hinaus. Nass eingehüllt in ein großes Frottiertuch und ab ins Bett. Federbett drüber. Da muss es nun schwitzen. Kein Lüftchen ist erlaubt, nicht einmal der große Zeh darf hinaus gucken. Aber die Frau in ihrem weißen Kittel sitzt am Bett. Überwacht das Schwitzen, tröstet. Sie liest ein Märchen vor, kein schlimmes. So ein leichtes, helles.

Dem Kind ist wohl. Trotz des Schwitzens fühlt es sich geborgen wie in einem Vogelnest. Die Nähe der Frau tut gut. Und während der Körper die Krankheit hinausschwitzt, sind die Ohren des Kindes hellwach. Was ist doch alles los an einem Vormittag, an dem es sonst in der Schule sitzt. Es ist Vorfrühling und die Luft ist ganz klar. Ein Vogel probiert sein „Zit isch do" – wie heißt er doch? Ach was, denkt es träge, ich brauch es nicht zu wissen, heute. Heute gibt es keine Noten dafür. Draußen klopfen Nachbarsfrauen Teppiche. Ein Flugzeug durchschneidet die morgendliche Kühle. Kein schnelles. So ein schweres, langsames. Vielleicht bringt es die Post. Auf der Straße ruft ein Händler die Milch aus. Ein Baby weint. Hunde bellen. Dem Kind kommt ein Wort: Osterlicht.

Zwischendurch hat die Frau rundum in der Wohnung zu tun. Es raschelt, poltert. Sie summt ein Lied, das Kind kennt es, am liebsten würde es das noch einmal hören. Dann fallen ihm die Augen zu. Es wacht auf, als die Frau wieder vor seinem Bett steht. Und lacht. „Raus aus den Federn", sagt sie. Und dann rubbelt sie den roten warmen Kinderkörper rasch ab und legt ihn in das frische, kühle Bett nebenan. Das verschwitzte Bettzeug wird abgezogen und zum Trocknen hinausgelegt. Das Kind atmet tief durch. Wie neu ist doch alles. Wie besonders. Und dann steht die Frau in ihrem weißen Kittel auch schon vor ihm, in der Hand ein Glas mit kühlem Saft. Danach schläft es auch schon wieder ein. Und träumt etwas Sachtes, Pastellfarbenes. Irgendwann ist das Fieber vorbei, und die Frau hat wieder ihre Alltagskleider an.

Am nächsten Tag braucht das Kind noch nicht gleich wieder in die Schule. So bestimmt es die Frau. Es darf noch eine Weile im Vogelnest bleiben. Da ist ihm ganz warm ums Herz.

Ich verabschiede mich von dem Bild. Mir ist immer noch warm ums Herz.

Die Mutter und der Dämon

Ungefähr mit den ersten Zähnen veränderte sich der kleine Junge. Keiner wusste die Ursache. Etwas Unheimliches hatte ihn plötzlich mit Angstzuständen, Trotz und Essensverweigerung gepackt und ließ ihn nicht mehr los. Es war wie ein Dämon. Das Kind flüchtete sich davor in Krankheiten, weg aus der realen Welt, aber auch vor den sorgenvollen Nachfragen seiner Eltern. Später in der Schule dann verweigerte es die Mitarbeit und geriet zum Außenseiter, zumal die rätselhaften Krankheiten blieben und der Schüler immer schlechter wurde. Verzweifelt aufgesuchte Ärzte stellten Diagnosen, die nicht zutrafen und daher keine Hilfe brachten. Der Dämon blieb.

Größer geworden, setzte der junge Mann achtlos sein Leben aufs Spiel, es war ihm nichts wert. Er fuhr exzessiv Motorrad mit Kumpels oder allein. Drogen. Alkohol. Er rauchte Kette. An die Gesundheitsbehörde mailte er: „Sie lügen mit Ihrer Warnung vor Zigaretten. Die sind ja gar nicht tödlich. Warum lebe ich dann immer noch?" Der Wunsch nach dem Tod wuchs mit unheimlicher Macht in ihm. Er setzte auch eine Patientenverfügung auf, wonach er für den Fall der Bewusstlosigkeit alle Apparate und überhaupt jede Form einer lebensverlängernden Maßnahme ausschloss. Seine Mutter bat er, die Vollmacht zu unterschreiben. Ihre Liebe riet ihr gegen alle Vernunft, den Todeswunsch des Sohnes zu respektieren, und sie unterschrieb. Ihn selbst aber begleitete sie weiterhin mit größter Achtsamkeit. Und so nahm sie schließlich winzige Zeichen wahr, die ihr signalisierten, dass der Dämon von ihm wich.

Da geschah der Zusammenbruch. Auf der Intensivstation wies der Chefarzt auf die Patientenverfügung hin und drängte die Mutter, ihre Unterschrift zu widerrufen: „Er ist doch noch jung, unser Patient, uns stehen Apparate zur Verfügung, sein Leben zu retten". Der Mutter wurde schwindelig vor der Wucht einer abermaligen Entscheidung über Leben und Tod des Sohnes. Einerseits hatte sie sich als Sachwalterin seiner Todessehnsucht gesehen, andererseits aber auch zuletzt die Botschaften seines Lebenswillens vernommen. Und sie widerrief.

Der junge Mann lag 14 Tage im Koma. Keiner wusste, was in dieser Zeit in ihm geschah. Wird er bleibende Schäden behalten? Und vor allem: Wird er das neue, geschenkte Leben akzeptieren oder um sich schlagen? Dann kam der Tag, wo er die Augen aufschlug. Der Arzt und die Mutter waren dabei. Seine ersten Worte kamen mühsam, noch rau: „Kerstin ... Ich will mit ihr ... quer durch die Staaten ... die Route 66 ... auf einer Harley Davidson".

Da fragte die Mutter: „Was will er? Verstehen Sie das?"

Der Arzt sagte: „Er will leben."

Der Dummling

Das Volksmärchen spiegelt uns, wie wir sind. Wie wir in der Menschheitsgeschichte immer waren und sein werden. Woher weiß es das? Weil der Mensch sich durch die Jahrhunderte hindurch immer in seinen Märchen eingebracht hat, von seinen Nöten erzählend und von seinen Ängsten und Wünschen. Das alles in immer wieder neuen Bildern. Neuen Zeiten, neuem Bewusstsein angepasst. Eben: zurechterzählend. Und dann im 19. Jahrhundert aufgeschrieben und damit fixiert. Schade eigentlich. Dennoch, man erkennt ihn wieder, den Archetyp Mensch. Einer der Lieblinge des Volksmärchens ist der Dummling. Warum eigentlich? Weil es eine Schwäche für das „Mangelwesen Mensch" hat. Es bestätigt uns, tröstet: So sind wir nun einmal. Eben Mangelwesen.

Der Dummling sitzt also hinter dem Ofen, in manchen Märchen auch in der warmen Asche. Die Brüder haben ihn dorthin gesetzt, weil er ihrer Meinung nach zu nichts anderem taugt: Ein Nichtsnutz, linkisch, einfältig. Sie haben ihn dort versteckt, weil sie sich seiner schämen. Nichts ist er für sie als ein Ärgernis, ein unnützer Esser. Und der Dummling selbst? Während die Brüder um ihn herum unablässig werkeln und schreien, hat er Zeit. Und während man ihn ausspart von der täglichen Arbeit, lebt sein Inneres. Seine Ohren lauschen. Sie hören den Tagen zu, wie sie kommen und gehen. Den Jahreszeiten mit ihrem Auf und Ab. Er wächst hinein in die Sprache des Windes, horcht auf das Leben der Vögel. Aber auch auf die Brüder, wie sie streiten und warum. Kurzum: Wie er da sitzt und lauscht, wächst in ihm eine Allverbundenheit heran. Seine Dummheit ist wie eine Verpuppung.

Eines Tages ist er dann da. Mag sein, er ist schon erwachsen. Sein schöpferisches Potential, sein Kontakt mit dem Unterbewussten, aber auch seine Erdverbundenheit brechen aus ihm heraus, und er geht seinen Weg. Wohin? Das Volksmärchen hat ihm nicht weniger als den gesamten Kosmos zugedacht: Die Unterwelt, die Erde und die Jenseitswelt. Und um diesen Weg zu verbildlichen, greift es auf sein Markenzeichen, die Symbolik, zurück.

Als erstes gelangt der Dummling in die Unterwelt. Dort hockt eine hässliche Kröte. Und weil er in den Jahren des Ofenhockens mit der Sprache der Natur vertraut wurde, erkennt er in dieser „Itsche" die verzauberte Prinzessin und kann sie erlösen. In einem anderen Märchen kommt er in eine Stadt voller Trauer: Die Prinzessin hat ein krankes Gemüt und ihr Vater, der König, hat sie demjenigen zur Gemahlin versprochen, der sie zum Lachen und damit zur Erdverbundenheit erlöst. Das gelingt dem Dummling. Der hat nämlich eine goldene Gans gefunden, an der jeder kleben bleibt, der sie neugierig berührt. Und so kommt es zu einer komischen Kette: „Da fing die Königstochter überlaut an zu lachen und wollte gar nicht wieder aufhören".

Sein dritter Weg führt den Dummling in die Höhe, in die Jenseitswelt, meist symbolisiert durch einen gläsernen Berg. Um ihn zu erklimmen müssen andere Märchenhelden diesseitige oder jenseitige Helfer in Anspruch nehmen oder gar ein Knöchlein ihrer Hand als Stufen opfern. Doch unser Held hat die Gabe der

Wünschkraft, und so gelangt er im Nu zur Spitze des Glasbergs. Und wer sitzt da? – Das Märchen hält für die glückhafte Erfüllung die Prinzessin bereit, den Prinzen, die Hochzeit. Alles Symbolbilder für die Fülle des Lebens, für Ganzheit, für Glück.

Soweit der Dummling im Märchen. Kennen Sie auch einen Spätzünder? Dann: Nur Mut!

Die Kreuzung

Meine Wohnung liegt an einer Kreuzung. Oft und gerne schaue ich hin, wie da vier Straßen zusammenlaufen. Dort, wo sie sich kreuzen, sind die Ampeln postiert. Rot und gelb und grün sorgen sie mit präziser Ordnung dafür, dass alles funktioniert. Busse, Autos und Straßenbahnen halten auf ihr Signal hin an und fahren wieder los. Auch die Passanten fügen sich ein.

Eine Wegkreuzung. Für unsere Vorfahren war das ein magischer Ort. Viele von ihnen waren damals auf der Wanderschaft. Als Scholaren, Spielleute, Händler, Handwerksgesellen. Immer auf dem Weg. Oft wussten sie nicht, wohin er führte. Überall konnte das Glück sein, ein Nachtquartier, eine Arbeitsstelle. Aber eben auch das Unglück. Das zeigte sich vor allem dort, wo die Wege sich kreuzten. Sollte man nach rechts gehen? Links? Geradeaus? Die Kreuzung war der Ort der Ungewissheit, der Entscheidung. Daher mit Magie belegt. Eine geheimnisvolle Macht entschied hier über das weitere Schicksal. Ein Ort der Angst.

An solchen Orten stand häufig ein Wirtshaus. Das war ein Ort des Verweilens. Hier konnte sich die Entscheidung noch etwas hinauszögern beim Kartenspiel, beim Pferdewechsel, beim Geschichtenerzählen. Von überall her konnte der entscheidende Tipp kommen, wohin man am besten gehen sollte. Im Volksmärchen kam solch ein Tipp manchmal von der Frau Wirtin. Wie in dem französischen Märchen „Der Mann in allen Farben", wo die Wirtin den Helden zu seinem Glück davon abhält, nach Paris zu ziehen.

Das Märchen kennt seine Pappenheimer. Hat es doch jahrhundertelang ihre Ängste, Wünsche und Erfahrungen gespeichert und zu Bildern kristallisiert. So auch in unserem Bild von der Kreuzung. Wie geht es doch in einem russischen Märchen dem Iwan Zarewitsch, als er an eine Kreuzung kommt? Dort ist nämlich ein Wegweiser angebracht, auf dem steht geschrieben: „Wer von diesem Pfahl geradeaus reitet, der wird Hunger und Kälte leiden. Wer nach rechts reitet, der wird am Leben bleiben, aber sein Pferd findet den Tod. Wer nach links reitet, der wird selbst sterben, aber sein Pferd wird lebendig und gesund bleiben". Und Iwan, der kluge Mann aus der Menschheitsgeschichte, folgt dem hilfreichen Rat und reitet nach rechts.

Das alles ist längst vorbei, denke ich im Hinschauen. Doch plötzlich stockt alles. Die Ampeln zeigen gespenstisch noch rot und gelb und grün, aber keiner richtet sich danach. Denn von Weitem tönt das Martinshorn der Rettungswagen. Im Näherkommen wird es lauter und lauter und auf der Kreuzung ohrenbetäubend. Angst steigt auf, eine uralte Ahnung von der Kreuzung als Ort des Schicksals. Wohin werden sie fahren? frage ich mich. Doch wohl nicht geradeaus, wohin heute morgen mein Schätzle aufgebrochen ist?

Helf Gott.

Kleine Meditation

Segnet

„Segnet, denn dazu seid ihr berufen", schreibt Paulus in seinem ersten Brief. Und so sagte es uns auch auf dem Weg ins Leben Sr. Sophia, unsere verehrte Lehrerin in Kloster Wald: „ Segnet, Kinder. Segnet in der Straßenbahn. Segnet im Gewühle der Einkaufsstraßen". Das war die Zeit der Arbeiterpriester, die in die Fabriken gingen, um inkognito Gott unter die Arbeiter zu tragen. Das war auch die Zeit einer Madeleine Delbrêl, die im kommunistischen Vorort von Paris wirkte und dorthin Segen trug.

In unserer Familie wird eine alte Prophezeiung überliefert: „Es wird eine Zeit kommen, da passen alle Christen unter einen Baum". Ein starkes Symbolbild. Es schreckt uns auf und weckt Wachsamkeit und furchtloses Bekenntnis.

Und es tröstet. Denn wer und wieviele auch immer unter jenem prophezeiten Baum sein werden: Sie werden segnen. Und sie werden segnend mittragen am Gewicht der Welt.

Auf halber Treppe

Sie wohnten damals in einer der tristen Arbeitesiedlungen Wiens. In einer für die sieben Geschwister viel zu kleinen Wohnung. Der gesamte Tagesablauf spielte sich in der Küche ab. Die Jüngeren von ihnen mussten zu zweit in einem Bett schlafen. Ihre Erziehung gestaltete sich so, wie es seit Generationen üblich war: Jedes der Geschwister hatte innerhalb seiner Rolle als Mädchen oder Junge nach unverrückbaren Gesetzen zu funktionieren. Dann war alles gut.

Nur für Gisela nicht. Irgendwie passte sie da nicht hinein. Sie hatte den Kopf voller Fantasien, und keiner war da, der sie mit ihr teilte. Aber – sie hatte einen Fluchtort, wo sie mit ihnen ganz alleine war, und wo sie keiner störte: Das Klo. Es war so ein Etagenklo auf halber Treppe, wie es sie heute gar nicht mehr gibt. Das hatte den Vorteil, dass keiner der Anklopfenden wusste, wer drin war, jeder aus den zwei Etagen hätte es sein können. So wurde Giselas „Besetzt" respektiert.

Zugegeben, manchmal flüchtete sie sich dorthin, um sich vor dem Geschirrspülen zu drücken. Aber eigentlich hatte dieser Ort für das Mädchen eine ganz andere Bedeutung: Hier war es endlich einmal ungestört, hatte einen abgeriegelten Platz für sich ganz allein. Mit ziemlich unbegrenzter Zeit. Kein Schloss ihrer Fantasievorstellungen hätte ihr lieber sein können.

Und was tat sie dort? Außer dass sie sich ihren Träumen hingeben konnte, hatte Gisela hier ihre Comic-Heftchen versteckt. Welch ein Glück! Bei den Eltern und vor allen in der Schule waren die nämlich verboten. „Schmutz und Schund" sagte man dazu und ermahnte die Kinder, sie abzugeben und gegen „gute Bücher" einzutauschen. Etwa gegen „Nesthäkchen der Wildfang" oder wie es auch hieß. Die langweilten das Mädchen tödlich. Aber über dén lustigen und aufregenden Comic-Zeichnungen konnte sie die Zeit vergessen. Mein Gott, was war doch dieser Donald Duck zum Beispiel für ein Kerl! Einen solchen Typen würde sie gerne auch einmal selbst erfinden können.

Leider hatte aber auch dieses Vergnügen seine Grenze, wenn nämlich dann schließlich doch jemand an der Tür polterte. Aber niemals erzählte Gisela ihren Geschwistern von ihrem Geheimnis. Sie hätten es doch nicht verstanden. Später vielleicht, als sie Schriftstellerin war.

Cara, ein Hündchen

Da ist ein Hund. Sagte ich: Hund? Das ist eher ein Hündchen, kaum größer als eine Katze. Es hat ein Fell zum Wuscheln, ein Stupsnäschen und große braune Augen – alles zum Herzerweichen. Dies Hündchen heißt „Cara", es ist aus dem dritten Wurf seiner Mutter mit einem stolzen Stammbaum. Daher teuer. Seine Züchterin hält die Muttertiere in einem kleinen, eher unsauberen Raum voller Lärm und nährt sie mit billigem Futter. Es geht ihr einzig um den Profit. Kaum hat nämlich eine Hündin geworfen und einigermaßen abgestillt, wird ihr erneut ein Rüde zugeführt. Und damit der Wurf auch recht groß wird, bekommt sie eine Hormonbehandlung. Die Geburt ist dann nur noch mit Kaiserschnitt möglich: Viele winzige Welpen, alle mit dem verführerischen Stupsnäschen und den großen Kulleraugen, die ihnen in Generationen angezüchtet werden.

Dort also Cara. Immer hockt sie in einer Ecke, möglichst weit entfernt von Lärm und Dreck und den groben Händen der Züchterin. Diese Ecke ist ihre Zuflucht. Ihr Instinkt mochte ihr gesagt haben, dass der nächste Rüde sie hier nicht finden könne. Denn sie hat schon dreimal geworfen und ist jetzt ausgelaugt mit ihren sechs Jahren.

Da ist eine Frau. Sie lebt inzwischen allein in einer Mietwohnung. Ihr Leben lang hat sie in einem Büro gearbeitet und hatte das Vertrauen ihres Chefs. Dann aber, als sie älter wurde, kamen Jüngere und klammerten sie aus. Nahmen sie nicht hinein in ihre Gespräche über die Wochenenderlebnisse am Montagmorgen. Und mobbten sie, wenn es um die Arbeit ging oder um die

Beziehung zum Chef. Das machte die Frau allmählich krank und zwang sie in die Frühverrentung. Und nun also das Alleinleben in einer Mietwohnung. Dort hätte sie gerne wenigstens einen Hund. Aber einen kleinen! – hatte der Hausverwalter gesagt, das wäre erlaubt. So kommt die Frau zu der Züchterin. Dort fällt ihr Blick sofort auf das kleine, verängstigte Tier, das abgesondert in der Ecke hockt. Oh, das ist ihr bekannt, dieses Wegducken, diese Unsicherheit, dieses Sich-Verkriechen-Wollen! Dies ist ihr Hund.

Die Züchterin hat sofort die Seelenverwandschaft zwischen der Frau und dem Hund bemerkt. Und sie ist unverschämt genug, für das Tier einen stolzen Preis zu verlangen. Cara sei schließlich das beste Tier in ihrem Stall, sagt sie.

Im Lift

Ich bin Jenny und fahre für mein Leben gern Aufzug, warum weiß ich auch nicht: Rauf und runter, bis mich jemand rausschmeißt. Mir kommt dann das ganze Haus aufgeschnitten vor wie eine Eistorte: Erst die Kuchenschicht, dann Schokoladeneis, dann Vanilleeis, dann Sahne, zuletzt Schokostreusel. Ich kann sogar selbst wählen, in welches Stockwerk ich fahre. Denn im Aufzug gibt es dafür Knöpfe. Zwar kann ich noch nicht lesen, weil ich erst vier Jahre alt bin, aber die Zeichen haben sich mir eingeprägt: 1. OG, 2. OG, 3. OG. Dazu U und E. Am lustigsten ist es bei E. Da kommen und gehen immer wieder neue Leute und steigen oft auch in den Aufzug ein. Die sind meist sehr nett zu mir, sie können ja nicht wissen, dass ich hier bloß spiele. Bei E sind auch die Briefkästen. Immer klappert einer daran herum: der Briefträger, der Zeitungsbote und die Leute, die nach ihrer Post gucken.

Ich bin oft in diesem Haus. Meine Mutter gibt mich bei der Omi ab, wenn sie in der Stadt Besorgungen macht. Mir gefällt es dort. Omi hat für mich ein kleines fernlenkbares Auto gekauft, das ich in der Wohnung herumjagen kann, unters Bett, den Schrank, in die Küche. Bei ihr ist fast alles erlaubt, für meine Aufzugsspiele hat sie glaube ich auch Verständnis. Um zu ihr zu kommen, muss ich 1. OG drücken. Nur in einem ist sie streng, warum weiß ich auch nicht: „Jenny", sagt sie, „drück nicht auf U! Dort nämlich fahren die Autos wie wild umher, und da hat auch der Hausmeister seine Geräte und Werkzeug, an dem du dich verletzen könntest. Außerdem", sagt sie warnend, „dort ist auch ein Hund. So ein großer, gefährlicher, der aufpasst".

Bei 3. OG ist Schluss. Wenn man da aussteigt, kommt man zu einem Geländer. Wenn ich mich auf die Zehenspitzen stelle, kann ich ein bisschen darüber hinausschauen. Was man da alles sieht! Autos ganz klein, die wie aufgezogen fahren und stoppen, manchmal kann man ihr Hupen bis oben hören. Und Menschlein hasten herum, Straßenbahnen gehen knirschend in die Kurve. Dann gibt es noch 2. OG. Spannend. Da wohnt nämlich ein Mann, dem mein Aufzugsspiel überhaupt nicht gefällt. Wie der aufpasst und schimpft! Man könnte meinen, er lauere immerzu hinter der Tür. Aber der soll mal! Ich schleiche mich an bis zu seiner Wohnung. Und wenn er dann herauskommt, flitze ich wie der Blitz zum Aufzug, drücke schnell irgend einen Knopf und bin weg. Das prickelt schon ein bisschen, dieses Wettrennen mit dem Mann, aber ich versuche es doch immer mal wieder.

Einmal habe ich dabei in der Eile auf U gedrückt, eigentlich aus Versehen. Da war ich dann aber doch neugierig und habe mich ganz langsam vorgewagt. Und was sehe ich? In einer großen Halle parkten Autos ordentlich auf ihren Stellplätzen. Und Hausmeisters Sachen waren hinter einem Gitter sicher unter Verschluss. Und der fürchterliche Hund? Von ihm keine Spur. Oh Omi! Aber ich habe ihr nichts davon verraten. Omi soll auch ihr Spiel haben: Das Flunkerspiel.

Heinrich Heine und Ich

Pech. Ich wohne in einer Straße mit extra langem Namen. Jedesmal ärgere ich mich, wenn ich ihn auf einem Brief nicht hinkriege. Oder wenn ich ein Formular ausfüllen muss, und die Kästchen reichen nicht aus. Heinrich-Heine-Straße. Ach wohnte ich doch lieber in der Kurze Straße oder so.

Doch: wer ist eigentlich Heinrich Heine? Wir älteren Semester kannten ihn schon in der Kinderzeit und kannten ihn doch nicht. Wir sangen nämlich das Lied von der „Loreley" mit Inbrunst: „Ich weiß nicht / was soll es bedeuten / dass ich so traurig bin". Im Liederbuch der Nazis stand darunter „Volksmund", aber das stimmte nicht. Der Autor war Heinrich Heine, doch der war Jude gewesen und daher bei ihnen verfemt. Aber auf das schöne Lied wollten sie dennoch nicht verzichten. Heute steht er ganz oben auf der Skala der deutschen Dichter, und man benennt Straßen nach ihm.

Heinrich Heine wurde 1797 in Düsseldorf geboren als Sohn eines jüdischen Händlers, machte anfangs eine kaufmännische Ausbildung, studierte dann Jura, Philosophie und Literatur mit Promotion. Gerne hätte er es noch zu einer Professur gebracht, aber da hatte er sich als Schriftsteller und Journalist schon angreifbar gemacht. Die Zeitläufe, in die er hineingeboren wurde, waren nach der Französischen Revolutuion politisch äußerst aufgewühlt und machten ihn zum Revolutionär, der sich – uns heute modern anmutend – für Emanzipation, Individualismus und Völkerverbrüderung einsetzte. So geriet er schnell ins Blickfeld der Zensur, nicht zuletzt deshalb, weil er Jude war. 1831 emigrierte er nach Paris, wo er bis zu seinem Tod blieb. 1835 wurden seine Arbeiten in Deutschland verboten.

Was ist von Heinrich Heine geblieben? Von den journalistischen Arbeiten sind es vor allem seine zeitkritischen Streitschriften, dann aber auch seine Reiseberichte. Bis heute kennt man sein Vers-Epos „Deutschland, ein Wintermärchen", Zeugnis von seinem „wilden Weh" um sein Heimatland (1844). Aber in erster Linie blieb sein lyrisches Schaffen. Das „Buch der Lieder" erschien 1827. Charakteristisch für seine Lyrik, angesiedelt zwischen Romantik und Realismus, ist sein von der Romantik übernommener, aber schwermütig und oft ironisch gebrochener schlichter Volksliedton. Zahlreiche seiner Lieder wurden von Schubert und Schumann vertont. Vor allem aber liebte er die Ballade, bei ihm bekam sie erstmals ein neues Gesicht. Da ging es nicht mehr um Heldentum und Waffengeklirr, sondern um Menschen wie Du und Ich. Ein Beispiel sei hier die kleine Ballade von dem Knaben, der ein Mädchen lieb hatte und mit ihm von zu Hause floh: „Es wussten nicht Vater noch Mutter / sie sind gewandert wohl hin und her / sie hatten nirgends Glück noch Stern / sie sind verdorben, gestorben".

„Auch Ihre Dame / und sei sie noch so nett / muss mal aufs Klosett" – Hoppla. Das gehört eigentlich nicht hierher. Das gehört in unsere Zeit, ist von Erich Kästner. Und doch hat es etwas mit Heinrich Heine zu tun. Ohne ihn hätte die Satire, der Tabubruch, die Ironie nicht Eingang gefunden in unsere heutige Literatur. Man denke nur an Bertold Brecht, seine Volkssprache und die aggressiven Verfremdungen. Heine war Anreger für die Groteske eines Joachim Ringelnatz, für die kabarettistische Zeitkritik eines Kurt Tucholsky. Außerdem begründete er mit seinen theoretischen Schriften die kritisch-reflektierende Literaturwissenschaft.

Ich versuche mir vorzustellen, Heinrich Heine wohne nicht nur im Geiste in unserer Straße, sondern heute und leibhaftig in unserer Nachbarschaft. Nie hätte er sein Zimmer „Matratzengruft" genannt, wie in der Schwermut seiner letzten Krankheit in Paris. Kompetente Pfleger hätten nach ihm geschaut, und eine freundliche Frau von nebenan hätte ihm Blümchen gebracht. Vielleicht sogar ich.

Der gelbe Knopf

Hühnchen von nebenan ist umgezogen. In eine Wohn-anlage, darin eine kleine Wohnung. Und in der Woh-nung ein gelber Knopf, installiert von der Hausverwal-tung. Wenn man diesen Knopf morgens drückt, wird signalisiert, dass man für diesmal noch am Leben ist. Ist der gelbe Knopf einmal nicht gedrückt, so kommt nach angemessener Zeit ein Kontrollanruf und – läuft der ins Leere – die Verwaltung in Doppelstreife.

Hühnchen fühlt sich geborgen mit ihrem gelben Knopf. Sie hat ihn schon in ihren Tagesrhythmus eingebaut: Aufstehen, duschen, Zeitung holen, Knopf drücken. Problem nur am Sonntag, wenn keine Zeitung kommt: Achtung Doppelstreife! In der Wohnanlage erzählt man sich von einem, der achtmal (!) den Zettel der Verwal-tung vorfand, obwohl er doch noch lebte. Nur weil er vergaß, den Knopf zu drücken. Inzwischen hat er's raus: Aufstehen, duschen, Zeitung holen, Knopf drük-ken.

Ein anderer soll einmal von einem Klassentreffen in Berlin aus angerufen haben, nur weil er den besagten Knopf zu drücken vergaß und fürchten musste, dass man in seine Wohnung eindringt, um nach der Leiche zu suchen. So wenigstens wurde es Hühnchen berich-tet. Tatsache ist, dass die Bewohner schon morgens auf dem Weg zum Briefkasten einander zurufen: Guten Morgen, haben Sie schon ihren Knopf gedrückt?

Doch dies ist nicht mehr Hühnchens Problem. Sie hat ein anderes. Vor lauter Sorge es zu vergessen, drückt sie an manchen Tagen zweimal, dreimal. Peinlich, peinlich. Denn wer sagt ihr, dass das nicht jedesmal in der

Schaltzentrale registriert wird, und man sie dort als schusselig entlarvt? Psychologen nennen dies das Bügeleisensyndrom: Dass einem nämlich – im schon vollgepackten Reiseauto sitzend und längst aus der Stadt hinaus – siedendheiß einfällt, man hätte womöglich daheim vergessen das Bügeleisen auszuschalten.

Doch dann bekommt Hühnchen unerwartet Hilfe: Von dem gelben Knopf selbst. Der antwortet nämlich auf ihre morgendliche Fleißübung und sagt jedesmal: ALLES IN ORDNUNG. Wie das guttut! Kein Freund hätte ihr etwas Besseres antun können. Mag man schlecht geschlafen haben, mag der begonnene Tag wie ein großer Berg vor einem stehen: ALLES IN ORDNUNG. Das will Hühnchen nicht nur einmal hören sondern am besten fünfmal, sechsmal. Egal, ob man sie deshalb in der Schaltzentrale für meschugge hält.

Einfach so

Dass am Morgen die Sonne aufgeht
dass vor Millionen von Jahren
 - so sagt man -
eine winzige Zelle genährt wurde
um bis heute
in überschwänglicher Vielfalt
Farben und Formen hervorzubringen.
Dass ich zu mir ICH sagen kann.
Ich schaue in den Briefkasten:
Irgendwann werde ich dafür
eine Rechnung bekommen.

Doch da ist EINER
der verneigt sich höflich
PARDON sagt er
Du brauchst gar nicht
in den Briefkasten schauen
ich schenke es dir
dies ist alles umsonst
ohne Geld
einfach so

Du Königin Rose
Orion am Nachthimmel
Du Biene mit dem Pollenhöschen
Sonja mein Mädchen
du silberglänzende Forelle

Einfach so

Nach einem Gedanken von Lothar Zenetti

Außerdem bei Books on Demand erschienen:

Hildegard Schaufelberger

MEIN KLEID SO ROT
Ein Leben in Geschichten und Gedichten

Erscheinungsjahr 2006. 129 S.
ISBN 3-8334-5501-2

Hier hat die Autorin einzelne Szenen aus ihrem Leben be-
leuchtet und sie als Kurzgeschichten gestaltet. So steht jede
für sich mit einer Pointe oder einem einprägsamen Symbolbild. Dabei gerät die Dokumentation der Zeitgeschichte
neben die verändernde Kraft der Erinnerung. Leser werden
sich darin wiederfinden, ältere und jüngere, vor allem in den
inneren Prozessen, die hinter jeder dieser Geschichten auf-
scheinen. Eine Fülle von Namen taucht auf, die dieses Leben
geprägt und begleitet haben, bekannte, unbekannte und solche, die aus Diskretion verschlüsselt wurden.

Die Wellen, welche diese prägenden Ereignisse geschlagen
haben, werden erst so recht deutlich auf der zweiten Ebene
dieses Buches, nämlich der lyrischen. Jedes der eingestreuten
Gedichte ergänzt und vertieft den vorangegangenen Text. So
ist ein Ganzes entstanden, das sich zum spontanen Auswäh-
len einzelner Episoden anbietet, besser aber noch zum fort-
laufenden Lesen der Texte.